「你願意……
再稍微陪伴我一下嗎？」
吉田
YOSHIDA
二十六歲的
上班族。
沙優
SAYU
蹺家的女高中生。
被吉田撿回去後，
兩人同居中。
U0065927

「吉田仔，你說謊的功力廢到笑。」
BLACK
結城麻美
YUKI ASAMI
沙優打工地點的
前輩，是個辣妹。

「我是說，
我想到你家去。」
後藤愛依梨
GOTO AIRI
吉田的上司，也是他
長達五年的單戀對象。

contents

三島柚葉
MISHIMA YUZUHA
吉田負責教育的
新人粉領族。

「吉田前輩，我很喜歡願意這樣好好教我的你喔。」

刮掉鬍子的我與撿到的女高中生

2

しめさば

插畫／ぶーた

Kadokawa Fantastic Novels

第1話 下雨

有支智慧型手機「叩」一聲掉在我腳邊。

坐在我身旁那名身穿套裝的女子，雙肩隨著這道聲音驚訝得一顫。

我瞬間撿起手機遞給她。

「啊，不好意思。」

「不會……如果想睡的話，最好把手機收在包包裡喔。」

聽我講完，她略顯害臊地揚起嘴角後低頭致意，然後把手機收進包包，再次縮起肩膀閉上了雙眼。

這段突然產生的對話就此中斷，在電車中只聽得見車輪隆隆的滾動聲，以及空調轟轟的送風聲而已。

在電車裡搖來晃去，時常會讓我有種奇妙的感覺。

數十名陌生人被塞在如此狹小的空間裡並肩而坐，在對彼此興趣缺缺的狀況下共同度過一段時間。大夥兒不會特別留心身邊的乘客是什麼樣的人。

互不認識的人聚在相同空間裡。不知從何處上車，一瞬間將彼此納入眼簾，接著在對方所不曉得的地方下車。

照理說這樣沒什麼好奇怪的，可是一旦進行具體想像，就會讓我有一種難以言喻的感覺。

假如在場所有人我都認識的話，我會關心誰在哪裡下車，還有上哪兒去嗎？

我思考著這種事，身體同時隨著電車的運行晃動。這時，我聽見站在眼前那名穿著便服的男子低聲喃喃著：「啊……下雨了。」

「咦？」

我不禁脫口而出，輕咳了兩聲，接著轉身向後，望向窗外。

水滴開始一點一點打在窗戶上。

險些咂嘴出聲的我忍了下來。陰沉厚重的雲層確實從下午就覆蓋著天空，原本就覺得隨時下起雨來都不奇怪，可是居然在到家之前就下了，真不走運。

我每天早上都會拿手機看氣象預報，只要有可能下雨的日子，便會在包包裡放一把折疊傘才出門，就只有今天睡過頭而沒確認到天氣狀況。

可不能把西裝給淋濕，因此抵達離家最近的車站時，如果雨勢仍未趨緩，就只有買一把塑膠傘了吧。

我忽地抬起視線，發現面前那名便服男子也皺著臉眺望窗外。

這個人是否也忘記帶傘了呢？他會在最近的車站買傘嗎？還是濕淋淋地回去？回到家會有人在嗎？希望有人在家迎接他就好了。對方應該會立刻給他一條毛巾，這樣一來就不至於感冒了。

思索到這裡，突然覺得可笑起來。

這只不過是在胡思亂想，我對這名男子根本一無所知。

我從鼻子哼了一口氣。一旦開始想些奇怪的事情，思緒就會不由得淨是往那個方向去，這是我的壞習慣。

……然而——

我再度看向窗外，確認到雨勢變強了。

我漠然地心想：希望車上所有人都別感冒就好了。

＊

「唔哇……這也未免下太大了吧。」

當我到達離家最近的車站後，震天價響的水聲讓我懷疑自己是不是待在瀑布內側。

天空下著傾盆大雨。

「呃……」

我繞到車站附設的小間超商去，結果雨具區的傘已經統統賣光了。

「唉，這也難怪大家都會買啦……」

我重新走到有屋簷遮蔽的邊緣處確認雨量，還真是驚人。大雨像是砸下來似的灌注而下，在地面彈跳著發出啪嚓啪嚓的聲音。

這下子只能在此動彈不得等到雨勢稍緩，或是拔腿疾奔到計程車候車處了——我抱著這樣的念頭痴痴仰望天空，所以遲了一步才注意到接近而來的人。

「你是不是很傷腦筋呢？」

「唔喔。」

突然有人出聲攀談，我把視線從空中挪了回來，於是見到眼前有個做制服打扮的女高中生撐著傘。

「雨下得好大喔。」

「喔……是啊……」

「你把傘放在家裡，我想說狀況可能很不妙，才會過來看看。」

「這樣啊。」

一看，除了自己右手所撐的傘之外，她左手還拿著我平時使用的黑色雨傘。

「你有沒有什麼話要說呢？」

語畢，女高中生的嘴角得意地上揚，而後把左手的傘遞給我。

這丫頭……竟然變得如此驕傲。

我在心中咂嘴並收下了傘，接著回答道：

「謝謝妳，沙優。」

「呵，很好。」

沙優一臉自負地點了點頭，才露出傻氣的鬆懈笑容。

「回去吧，晚飯做好了。」

「……好。」

我撐起傘走出車站屋頂範圍外，於是雨滴一鼓作氣地打在傘上，發出「唰——」的聲音。

萬一沙優沒來，如此大量的雨水就要打在我身上——一思及此，我便打了個哆嗦。

而後，我側眼望著走在一旁的沙優，深切地心想：

我的同居人果然機靈到令人吃驚的地步。

數年來的單戀告吹，醉得一塌糊塗回家的那天，我遇見了沙優。

她基於不明原因而蹺家，從北海道來到東京，在這段期間內輾轉住在各式各樣的男人家裡。

而且還是透過最糟糕的手段——獻身給該名男子，以此為代價獲得一段停留期間。

她也嘗試過以相同方式接近我，不過我對女高中生絲毫沒興趣。我也不能就這麼把沙優轟出去，於是讓她以「一手包辦所有家事」的條件住在我家，但……

「我想說難得週末，而且你大概累了，所以試著把味道調得重一點。」

「喔，這樣嗎……」

沙優點火幫裝有味噌湯的鍋子重新加熱，同時握著勺子的身影莫名地有模有樣，讓我有種難以言喻的心情。

這個原本應該在北海道當學生的丫頭是個恰到好處的美少女，個性相當機靈，長得又標緻。

我定期會懷抱這種疑問：「她為什麼會在這種地方，在一個非親非故的男子家中做這樣的事情呢？」但一想到徹底仰賴她的自己，我就什麼也說不出口了。

我倆今天依舊在維持著依賴彼此的關係之下，結束一天。

這稍嫌複雜，又令我身心舒暢。

我自個兒陷入有些寂寥的情緒並喝了一口味噌湯後，和窺探而來的視線對上了。用餐時和沙優四目相交不是什麼稀奇事，可是她今天的目光卻和平時不太一樣，顯得有點提心吊膽。

「……幹嘛？妳怎麼了？」

聽聞我開口詢問，明顯在等我這句話的沙優，舉止可疑地眼神游移，而後冷不防地重新跪坐好。

「吉田先生。」

「幹……幹嘛這麼慎重啦？」

平常總是以弛緩的表情肌露出鬆懈笑容的沙優突然一臉正經，讓我不禁心生提防，想說接下來是否要發生什麼不得了的大事了。

比方說，忽地脫到剩內衣褲逼近而來之類。

這丫頭固執起來的時候有可能那麼做。

我帶著若干不寧靜的思緒等待沙優的話語，只見她倏地把頭垂到地上，併攏雙手行禮致意。

「請你讓我去打工。」

一瞬間，我張大了嘴巴合不起來。

之後隨即脫口「啊！」了一聲。

「原來是這種事啊。」

「居然說這種事！」

「可以喔。」

「竟然說可以！……咦，可以嗎？」

「我都說好啦。」

「這麼輕易就……」

望見沙優目瞪口呆地挺起上半身的模樣，我忍不住笑出來。

「這種事需要那麼鄭重拜託嗎？」

「因……因為之前說好要先把家事做好。」

聽她這麼一說，我的視線自然而然地往室內移去。

目光可及之處一塵不染，我起床就丟著不管的床鋪也打理得整整齊齊。我獨居時隨意東放西拋的衣服，也井然有序地收在衣櫃裡。

坦白說她的家事做得完美無缺，甚至令我覺得是否太過頭了。

而做到如此淋漓盡致的地步，讓我在佩服的同時重新注意到一件事。那就是房子的狹小程度。

假如我家是有許多房間的大豪宅就另當別論，但「每天」在這點大小的房子裡頭處理家務，實在是會慢慢無事可做。雖說我們倆生活上會有兩人份的清洗衣物，可是會每天替換的頂多只有內衣褲或貼身衣物。在此種狀態下天天使用洗衣機，反倒是徒耗水費。打掃亦然，她願意每天開吸塵器吸地很令人感激，不過頻率一旦增加，累積的灰塵也會變少，導致沒有必要每次都仔細清掃同樣的地方。持續天天做家事，表示當天的單位量會逐漸減少。

「講是那樣講，但也不是每天都有堆積如山的事情要做吧。再說，看也知道妳近來閒過頭很難受。」

「嗚……被你發現啦？」

「太明顯了。」

沒在做家事的時間，沙優的娛樂選項了不起只有看我許久之前買給她的書或漫畫，不然就是拿智慧型手機上網瀏覽罷了。

我也在想說差不多該是讓她出去打工的時候了，所以本人先提起反倒正合我意。

「可……可是，那樣也許會讓我稍稍疏於家事。」

「即使如此，也比我一個人全包要好上百倍。」

聽見我的回答，沙優略顯傷腦筋地搔抓後頸，之後傻笑著低聲說了句：「謝謝。」

感覺最近沙優無謂地對我客套的情形愈來愈少，相反地開口道謝的次數增加了。站在我的角度看，真是開心極了。

「打工地點妳有頭緒嗎？」

「嗯，我想說就選附近的超商。」

「喔……Family Market是吧。」

「對對對。」

那是一家距離這兒走路不用五分鐘的便利商店。就我來看，她願意在離家近的地方工作，萬一發生什麼問題的時候我也比較好應對，所以很理想。

不過，我讀高中的時候沒有打工經驗，因此碰上了一個疑問。

「高中生打工是不是需要父母同意呢？」

「咦，我想應該不用。如果是攸關性命的危險工作，或許另當別論啦。」

「是這樣嗎？不需要父母的印鑑之類的啊？」

「大概吧。」

沙優這番話令我放心地輕輕吐了口氣。既然如此，就沒有任何麻煩了。當她告訴我必須要有監護人允許的時候，我就得假扮監護人不可了。再怎麼說那都是不折不扣的犯罪行為，我就不能答應她去打工了。

「那麼，近期妳會去面試嗎？」

「嗯，我會。」

「既然這樣，也得買一套穿出去的便服才行呢。」

「咦，制服不行嗎？」

沙優講得一副理所當然似的，因此我皺起了臉龐。

「當然不行啦。妳那套制服是旭川什麼什麼高中的吧。」

「是這樣沒錯，可是別人又不曉得。」

「一查馬上就破功了。再說，那制服一眼望去立即就知道是不是附近學校的。萬一這種地方讓妳的身分受人懷疑，會很麻煩喔。」

「喔，原來如此。」

沙優「嗯——」一聲沉吟著，而後面露苦笑。

「制服在這種時候很不方便呢。」

我聳了聳肩，肯定她的話語。

我認為制服就類似高中生的「身分證」。有如貼在車上的「新手駕駛標誌」一樣，從形形色色的狀況獲得「允許」，同時也是為了接受「保護」。這個身分證婉轉地意味著，無法對自己的事情扛起責任來。

我回想起當自己還是個高中生的時候，對此感到厭煩不已。然而，如今我卻認為，法律從諸多危險之中保護著未成年人，與此同時稍微剝奪一點他們的自由，也是天經地義的事情。

「妳果然討厭制服嗎？」

我不清楚自己怎麼會這麼問。自然而然就如此開口了。

也許是因為，我回憶起自己高中時期超討厭制服的關係。

面對我的問題，沙優眨了眨眼，隨後馬上搖頭否定。

「不，我喜歡制服喔。畢竟只有現在才能穿嘛。」

老實說，這個答案令我很意外。

我不清楚理由為何，但她可是一個拋下高中生活，特地從母校獨自來到遙遠城市的少女。我擅自認定她也對自己的制服感到煩躁。

「我總覺得呀，這樣易於辨認不是很好嗎？看制服就會知道是國中生或高中生了，對吧？」

「嗯，是啊。」

沙優嘻嘻輕笑兩聲，稍稍捏起自己的裙襬。

「國中生因為老師很嚴格，所以大家的裙子長度都會在膝蓋以下。稍微叛逆一點的

孩子，也頂多只會改到比膝蓋略高一些。」

沙優瞇細雙眼，仔仔細細地娓娓道來。

「高一生會弄得略短，高二生會短得亂七八糟，而高三生會稍微沉穩一些，換回普通的長度。畢竟他們還要應考嘛。」

我定睛凝望開心地述說著的沙優。

一個談到學生的事會如此高興的孩子，為何會拋棄那樣的生活，跑來這種地方呢？

無視於我此種想法，沙優忽地抬起視線望向我。

「女高中生的制服呀，看似千篇一律，其實截然不同呢。」

「這啥意思？是指設計方面嗎？」

「不是那樣。嗯——該怎麼說好呢？」

沙優把手抵在下巴，「嗯嗯嗯」地低吟著。

「社會人士都會穿西裝或套裝對吧？所有人都大同小異。」

「嗯，是這樣沒錯。這關乎到禮節嘛。」

「對對對。可是制服呀，會因學校不同而有各種形形色色的款式，穿搭方式也因人而異。該怎麼講呢……」

沙優在此停頓了下來，而後嫣然一笑。

「光憑一套制服，就能隱隱約約看出『這個人所帶有的感覺』。」

如是說的沙優，看起來快樂無比。

說真的，我搞不太懂她的話中之意，也不曉得是什麼地方這麼有趣。

只是，看到沙優朝氣蓬勃地談論這些事的模樣，讓我覺得有點惹人憐愛。

「嗯，看了我的西裝打扮，也不會想到『啊，他是某某科技公司的吉田！』嘛。」

「沒錯沒錯！就是這麼回事！」

沙優喜孜孜地頷首，笑著回應我這番話。

而後像是想到了什麼似的，冷不防「啊！」地大叫一聲。

「鬍子！是鬍子啦！」

我蹙起眉頭，歪頭感到不解。

「鬍子怎麼了？」

「我想說鬍碴和制服很像呢。」

「啥……？」

不明就裡的我皺起臉龐，於是沙優搖晃著雙肩發出輕笑。

「看到你穿西裝，也只會覺得是個普通的西裝大叔對吧。」

「『大叔』是多餘的啦。」

「不過，若是鬍子沒刮乾淨的話，不就會變成『啊，是個感覺不好好刮鬍子的大叔耶！』這樣了嗎？」

「什麼意思啊？」

見我露出苦笑，沙優喃喃說著：「你不明白嗎？」並抓著後頸。

「意思就是說，從鬍子可以稍微看出你的狀況。就和制服能夠稍微想像到該名學生的情形，是一樣的道理。」

「……唔，我搞不太懂。」

我搖了搖頭，沙優便遺憾地聳聳肩。大概是認為繼續說下去也傳達不了她的意思，沙優喘口氣之後低頭望向地板，同時開口說道：

「這樣呀……穿制服不行嗎……」

「嗯，所以……」

「那麼——」

沙優打斷了我想說的話，直勾勾地看著我。

「我會想辦法用第一份薪水還你，可以請你幫我買一些外出用的衣服嗎？」

感覺沙優這番話，制止了我數秒前想提的事。我忘了應該要對她說什麼，相對地則是不自覺地稍稍吐了點氣。

我單純地感到吃驚。

「不行嗎？」

就在我嘴巴開開闔闔時，沙優偏過頭去再三確認，於是我連忙搖頭否定。

「啊，不……不是那樣，沒有不行喔。」

「你怎麼了，吞吞吐吐的。」

「不，那個……」

剛來的時候總是在跟我客氣，什麼也不願仰賴我的沙優，近來開始會展現出幾許依賴了。我認為這是不錯的傾向。

能夠聽到她像這樣親口表達自己的需求，沒想到如此令人開心。

我以手按著差點要上揚的嘴角，之後連連點頭。

「我想說，好難得這樣被妳拜託呢。」

語畢，沙優從我身上挪開目光，稍稍羞紅了臉頰。

「因為……」

猶豫了一會兒，沙優開口說道：

「那樣子你會比較高興吧？」

我再次頓失話語，接著氣息自然而然地從喉嚨深處流洩而出。

「哈。」

我明明就在忍耐，卻不禁咧嘴發笑。

「妳很清楚嘛。」

聽我說完，沙優傻氣地笑道：「是呀。」

如同我漸漸了解沙優，她也慢慢懂我了。明明不過如此，我心中卻莫名雀躍。

「那我們現在就去買吧。」

「咦，現在？不會太趕嗎？」

「如果妳想立刻開始打工，就需要這樣吧。好了，快點吃一吃吧。」

「咦……啊……嗯……！」

我側眼看向慌慌張張地重新拿好筷子的沙優，嘴角略微放鬆。

我和沙優這名奇妙女高中生的同居生活，將在一點一滴的變化之中持續下去。

第2話 前輩

「國中畢業！真的假的？」

前輩停下把三明治放到架子上的手，瞪圓了雙眼看向我。

「是真的喔。」

「居然是真的喔，國中畢業！太屌啦！沙優妹仔，妳真屌。」

「是這樣嗎？」

「哎呀，國中畢業我覺得很炫砲，感覺得到妳的氣魄。啊，舊的產品先放到前面，再把新的從後面放進去。就是這樣的感覺，拜託嘍。」

「好的。」

結城麻美小姐——她是我在這家超商打工的前輩。

她有一頭金髮和一身小麥色肌膚，乍看之下應該是在沙龍曬黑的。儘管頭髮和皮膚顯得很「浮誇」，化妝卻是偏淡，而那雙略顯細長的堅毅眼眸相當帥氣。

雖然起初我被她的外表和氛圍給震懾住了，不過她會很仔細地教我做事，最重要的是很容易攀談。

「是說妳幹嘛那麼客氣呀？好好笑。我們兩個年紀一樣大吧。」

「呃，因為結城小姐妳是我工作上的前輩。」

「不用介意這種事情啦。還有，叫我麻美就好了。」

「啊，好的……啊，嗯。」

見到我連連點頭，麻美便咧起嘴角，再次把注意力回到將三明治上架的工作上頭。

「妳怎麼沒去讀高中？是有什麼想做的事嗎？」

「呃……不，嗯……就順其自然？」

「順其自然呀——嗯，這樣也行啦。」

麻美會一面教我一些基本的工作，同時經常詢問關於我的事情。她提問的溫度很奇妙，並非對我興味盎然，卻也不像是興趣缺缺但姑且問問看，而是「雖然有興趣，但會保持適度分寸拋出問題」這種感覺。

我說自己國中畢業，那是騙人的。

我有讀高中，可是目前正在逃學，而且自個兒來到遠離母校的地方——要這樣解釋實在很費事。況且我也擔心，若是如此坦承，或許會展開一段麻煩的問答。不過，見到麻美對我做出「國中畢業」這個當今世道難以置信的高風險抉擇所展現的反應，就算我

全盤吐實，她可能也不太會插嘴干涉吧。

「基本上統統都一樣，舊的擺到前面，新的從裡面補。很簡單吧？其實在商品上架前還得進行登錄，不過這部分等妳學會其他工作再說就ＯＫ牧場（註：日本藝人GUTS石松的口頭禪）了。」

「好。」

我第一次看到有女高中生用「ＯＫ牧場」這種詞彙。我在回應的同時忍不住竊笑一下，不過她本人沒發現。

沒錯，麻美也是十七歲。我想從外表和口氣就能隱隱約約地察覺到，她便是所謂的典型「辣妹」。

「那，沙優妹仔妳住在哪裡呢？」

這個「妹仔」會害我想笑，真希望她別這樣叫。

「從這裡走路約五分鐘的地方。」

「喔，我家也差不多耶。難不成我們家亂近一把的？」

「我家是往車站的方向。」

「啊——是朝車站去那類的。那方向相反。」

麻美搔抓著腦袋，鼻子哼了一聲。

「我家是從這兒往車站反方向走五分鐘。啊，不過，五分鐘加五分鐘，只要走十分鐘就能到妳家了嗎？那還挺近的嘛，好好笑。」

「好笑嗎？」

我含混不清地附和著，感覺到話題走向有點討厭。

無論怎麼想，麻美下一句話都會是——

「那下次我要到妳家去。」

唉，果然不出所料。

不是「我可以去嗎？」而是「我要去」，我覺得很有麻美的風格。

我隨即換上一張無可非議的笑容，不停揮著手。

「嗯——我不敢肯定耶。不曉得和我一起住的人會不會同意。」

「嗯？一起住的人？」

麻美的眉毛抽動了一下。

「聽妳的說法，並非家人那類的？是和男朋友同居這樣？」

「不不不，他不是男朋友。」

「既非男友，又不是家人的意思？」

她莫名其妙地不斷逼問著。

我猶豫著該如何回答時，忽然憶起好一陣子前收留我的男人所說過的話。

『想隱瞞事情的時候，只管瞞住最為不欲人知的地方，其他都要開誠布公。倘若不把踩到會很棘手的地雷集中在一處，無論多麼小心都會輕易踩中的。』

那個奇妙的男人同時和多達七名女子交往，卻處理得很順利，沒有被任何人發現。他的手機一天會響許多次，而且每次打來的都是不同女生。他在通話時會把「我喜歡妳」或「我愛妳」反覆掛在嘴上，可是對我下手時卻只會講「妳好可愛」。我記得自己見狀，認同地心想：原來如此，他的確沒有撒不必要的謊。

「我們沒有血緣關係啦。他是個我打從孩提時代就有來往的大哥哥。」

「沒有血緣關係的大哥哥？妳不覺得這好像有點不妙嗎？」

「不會啦，他人很溫柔。」

「搞不好只是裝的喔。」

「打從孩提時代就有來往」這句話當然是謊言。

只是我覺得，假如我介紹說「他是我家人」的話，一定會在哪裡露出馬腳。

「妳有沒有被侵犯？還好吧？」

「不要緊、不要緊！完全沒有發生這種事！」

當真平安無事到令人生氣的地步。

我之所以會感到驚訝，是麻美的貞操觀念比想像中還來得穩固。坦白說，她看起來還挺「輕浮」的，這份外貌和內在的落差讓我有些吃驚。反而是不特別抗拒和男人獨居的我，感覺比較奇怪吧——我茫茫然地如此心想。

「可是老實講，沙優妹仔妳長得很可愛耶。一般男人都會慾火焚身吧？畢竟你們又不是家人。」

我也這麼認為。

「不，這我不曉得。他真的沒有那樣。」

「不不不，他鐵定是在忍耐而已。百分之百哪天會突然露出真面目那類的啦。」

我不清楚箇中緣由，但麻美對吉田先生的信任度為零。他們倆明明連面都沒見過。

不過，我明白麻美想表達的意思。我也認為自己目前和他的關係並不尋常。

「總之，因為有點隱情，我借住在那個人的家裡。」

「喔……父母也都沒有表示任何意見是吧。」

麻美這次像是回想起來一般，把飯糰擱在架上的同時問道。

出現「父母」這個詞讓我心跳瞬間漏了一拍，不過我立刻露出笑容，頷首回應。

「我們家父母採取放任主義啦。」

說著說著轉過頭去，便和側眼望著我的麻美四目相交了。

她的眼神和先前若無其事的感覺不同，散發著略顯銳利，並帶有某些深意的氛圍。

我的心臟重重地跳了一下。

「嗯哼，是那類的呀。既然父母親這樣，那麼和陌生人住也說得過去吧。」

麻美倏地把目光從我身上挪開，再次回到上架飯糰的工作上頭。一瞬間變得犀利的氣氛，如今已變回原本的柔和氣息。

那道視線究竟是怎麼回事？

感覺自己的心跳變快了一些。

「嗯，總而言之，我要到妳家去。」

麻美輕聲說著，而後望向我。

「我來幫妳鑑定一下，那個大哥哥是什麼樣的人。」

「啊……嗯……」

我並沒有拜託她就是了。

儘管我面露苦笑，但她心中似乎已經確定要到我們家來了。麻美這番話，蘊含了格外難以拒絕的魄力。

「今天可以吧？」

「……嗯？」

「我們今天下班時間一樣嘛。這樣正好呀。」

「咦，今天？」

我冒起冷汗。這也未免太突然了。

「那個大哥哥是社會人士？還是尼特族那類的？」

若非社會人士就是尼特的二選一，感覺也太極端了。

「他是社會人士，工作很勤奮。」

「那麼，是妳回家後他還沒到家那類？」

「是耶。」

「那我等到他回來為止。」

所以說，為什麼統統都是由她決定呢？不是應該問「我可不可以去」或「我能不能等他」這樣嗎？儘管我在心底吐槽著，總之卻是焦急不已。

我該怎麼跟吉田先生解釋才好呢？

坦白講我很想一口回絕，可是在這樣的話題走向下拒絕她的提議，總覺得很不妙。感覺像是在承認「我們果然有難以對他人啟齒的可恥關係」一樣。不，假如實際上當真是那種關係，我認為倒也無妨。只要說一句「拜託妳別繼續深入追問」就好。只是，吉田先生和我之間真的保持著清白的關係。而且，雖說對方不過是打工地點的前輩，但擅自貶低吉田先生的「品格」會讓我心裡非常不好受。

稍稍遲疑了一會兒後，結果——

「嗯，是可以啦。」

我回了一個不乾不脆的答案。

麻美「嗯嗯嗯」地點點頭，豎起大拇指來。

「就包在我身上吧。」

包什麼東西？

即使面帶苦笑，我還是曖昧不清地頷首同意。

我打工的下班時間是晚上六點。吉田先生大多會在八點左右回來。

得在下班後立刻傳訊息給他才行。

我打從心底覺得，吉田先生買手機給我真是太好了。

第3話 辣妹

沙優很罕見地在上班時傳訊息來。我想說發生什麼事而看了一下，結果內容讓我皺起了臉龐。

『我打工的前輩要到家裡來。』

『我沒辦法拒絕，真是對不起。』

『我想她八成會待到你回來為止。』

『啊，對方是女生。』

我嘆了口氣。

「呃……」

不，要帶人家來是沒關係啦。我也覺得交到一個要好的朋友是件好事。只是，該怎麼說明我和沙優之間的關係呢？

就在我如此傷腦筋的時候，又有新的追加訊息傳來了。

『我跟對方解釋說，你是一個沒有血緣關係，可是從小就很照顧我的大哥哥。』

「很照顧妳的大哥哥……是吧。」

我輕聲呢喃後，發出苦笑。

明明平常總是成天喊我「大叔、大叔」的，只有在這種時候會很巧妙地撒謊呢。的確，倘若她擅自給我冠上「兄長」這種設定，就必須蒙混過包含姓氏在內的各種狀況，實在很辛苦。設定成孩提時代住在附近的熟人，這樣子比較能適當地串供，站在我的立場也覺得很慶幸。

總之，既然本人表示無法拒絕，應該就有她的理由吧。反正那個家也沒有什麼見不得人的東西。

『了解。』

我簡短地做出回應，再把手機放在桌上。接著，在我抬起頭打算望向電腦的時候，我注意到下屬三島柚葉站在一旁。人忽然映入眼簾，使我的肩膀反射性地跳了一下。

「唔喔，嚇死人了！妳人在這兒就開口說句話啊。」

「吉田前輩，你的視野很狹隘呢。」

三島帶著苦笑如是說，位子在我隔壁的橋本便哼了一聲。

「是訊息嗎？誰傳來的呢？」

「這跟妳無關吧？所以，妳有什麼事嗎？」

三島雲時對我的回應露出不滿的表情，隨後輕輕吐了口氣，指著我工作用的電腦。

「你拜託我處理的檔案，我上傳到伺服器了。請你確認一下。」

「喔，妳今天還挺快的嘛。ＯＫ，我會去確認的。」

「拜託了——」

我點了點頭，之後看向三島。我歪過頭催促她把話說下去，可是三島也掛著呆愣神情偏過頭去。

「什麼事？」

「咦，就這樣嗎？」

「對呀。」

唔唔——我的低吼聲從喉嚨裡流洩而出。

「這種事情就寄電子郵件過來啦。一一離開位子很浪費時間吧。」

「咦，是這樣嗎？走路只要花十來秒就能抵達的距離卻要寄郵件，不是很像傻瓜一樣嗎？」

「郵件會留下一些具體的東西，萬一出了什麼狀況時才不會傷腦筋啊。」

聽聞我的話語，三島蹙起了眉頭。

「這段像是以會發生問題為前提的發言是怎樣呀？」

「因為妳不惹麻煩的情形比較少。」

況且——我補充說道。

「問題往往就是在『以為不會發生的時候』產生。所以，如果妳把『檔案上傳到伺服器』這件事寫在郵件裡，姑且就會留下妳上傳過檔案的事實。縱使檔案消失不見了，也不會變成妳的錯。」

我說到這裡，三島便張大了雙眼和嘴巴，鬆懈地發出「喔～」一聲。

「你這番話是在為我好呢～」

「這並不只限於妳。我的意思是要保護好自己，避免讓錯不在己的失誤變成自己的疏失。」

「不過，吉田前輩，我很喜歡願意這樣好好教我的你喔。」

聽見三島這段發言，默默從事手邊工作的橋本噗哧一笑。

「吉田，她說喜歡你耶。」

「吵死了，我想早日把這傢伙塞給其他人。」

「咦，真過分！我沒辦法在吉田前輩以外的人底下工作啦！」

「妳無論跟著誰都不會做事吧。」

我話一說完，三島便面露笑容蒙混過去，橋本則是小小聲地喃喃道：「不過，她最

近要比之前勤快許多了呢。」

嗯，這話確實不錯。我覺得和先前相比，近來她處理工作的正確度提高許多。只是，見到三島面對公事時那副懶懶散散的模樣，仍然還是讓我心裡直發癢。

絲毫不明白我心情的三島挺起了胸部，露出嘴角上揚的樣子。

「因為我是個願意做就辦得到的孩子呀。」

「啊，這樣喔……那妳趕快回位子做事吧。現在還不遲，總之妳先打封信來。」

「收到！」

三島裝模作樣地做了個強而有力的舉手禮，接著回到自己的位子去了。確認她重新在座位上坐好之後，我才吐了口氣，再次面向自己的電腦。

「吉田啊，你會不會雞婆過度啦？」

橋本冷不防地開口。我把目光投向他身上，他便凝視著自己的電腦，把話說了下去。

「我覺得，那種事情就是要自己踢一次鐵板才會學起來。」

「嗯，我也這麼認為。」

「既然如此，那你置之不理就好啦。」

橋本停下敲打鍵盤的手，側眼望向我。

「你看起來就像是要在她踢鐵板前，想方設法處理掉喔。」

「才沒那回事咧。」

「我不清楚你是怎麼想的，可是別人看來就是這樣。」

橋本露出一副想講的話都說完了的模樣，再次把視線移回自己的電腦螢幕上，動手敲著鍵盤。

「把人家教我的道理告訴她，這有什麼不對啊……」

我低聲說完，也開始打起鍵盤來。

橋本八成有聽見，只是一句話也沒有說。

*

「唔哇，是個大叔嘛！」

金髮辣妹指著我如是說。這傢伙超沒禮貌的耶。

我啞口無言地看向在她身後縮起肩膀的沙優，只見她在辣妹的視野外輕輕鞠著躬。

「啊，不過仔細一瞧，或許挺俊俏的呢……氣場……是氣場像個大叔啦。難得長得不錯，感覺超可惜的啦。啊，我叫麻美。你可以隨意直呼我的名字沒問題。安安～」

「啊，妳好。」

對方忽然向我要求握手，於是我低頭致意後握住了辣妹的手。就在這個當下，辣妹——更正，麻美瞪圓雙眼緊盯著我的手看。

「超扯！吉田先生，你的手超大的啦！」

「咦，是嗎？」

「糟糕，真的太好笑了。沙優妹仔妳看，亂大一把的啦，好好笑。」

麻美把自己的手緊貼在我的手上，大吵大鬧著。她轉頭看向沙優那邊，不斷嚷嚷：

「超大的啦！」

沙優臉上浮現出難以言喻的笑容，說：

「超好笑的～」

啊，那是已經死心的表情呢。壓根兒沒有覺得好笑的樣子。

麻美絲毫不介意沙優此種反應，頻頻拿我的手掌大小喧鬧一陣後，才像是回想起來似的盯著我的臉瞧。

「幹……幹嘛啦……」

「嗯！感覺是個好人耶！ＯＫ了。」

我不清楚是什麼狀況，但她認可了某些事情。

麻美「嗯嗯嗯」地點著頭，快步走向起居室去。

「沒啦，因為沙優妹仔說她和沒有血緣關係的大哥哥同住，所以我才會擔心呀。而且還說不是男朋友呢，這樣讓人感覺很疑惑嘛。既非家人又非男友的男人，根本霧煞煞嘛。」

「是這樣嗎？」

叔叔我聽不懂「霧煞煞」這個詞。看來我只能從上下文和語氣去掌握她的話中之意了。

沙優也露出不知道是樂在其中或是深感困擾的微妙笑容，聽著麻美說話。

「不過親自瞧瞧，發現是個感覺全然無害的大叔，真是太好了。啊，是大哥哥嗎？搜哩、搜哩。」

麻美自個兒像連珠砲般講完後，才有如恍然回神似的，拍拍我的床鋪說：

「好啦，吉田先生你也來坐著吧？」

這是我家耶，蠢蛋。

看來沙優打工地點的前輩，是個挺嗆辣的人物。

「好好吃！這什麼鬼，爆好吃的啦！吉田仔，你天天都吃這種東西嗎？這超幸福的吧？太不妙啦。」

她的話語如同機關槍一般直飛而來。

我回家後，麻美依然一副天經地義般的模樣賴在起居室不走。就連沙優在做晚飯的期間，她也追根究柢地詢問我和沙優之間的事情。

坦白講，我不太擅長說謊。要貫徹「自幼便因鄰里間的往來和沙優有交情」這個設定持續說話，對精神層面的負擔相當大。而單純要跟上麻美的對話情緒也很不容易。

沙優格外善解人意地做了三人份的晚餐，如今我們正圍繞著飯菜而坐。老實說，三個人待在室內會非常具有壓迫感。畢竟這間房子只有預設給一個人住。獨自生活住起來很舒適，一旦變成兩個甚至三個人的時候，就會驟然覺得房子很狹窄了。

不曉得她是否知道我內心的想法，只見麻美悠哉地說：

「是說，吉田仔你家爆窄的耶。」

「妳回去就會變得寬敞許多了啦。」

「我在吃飯now。」

「吃完就給我回家。」

麻美咯咯笑著，接著把沙優炒的蔬菜放入口中，津津有味地咀嚼著。

「可是我還滿喜歡這種爆窄的感覺咧。」

「別一直嚷嚷著爆窄爆窄的啦。」

「呃，因為我家超寬敞的呀！大到嚇死人。」

「居然在炫耀喔……」

幾乎在我苦笑著把白米拋進嘴裡的同時，麻美的神色稍稍蒙上了一層陰影。

「我並沒有那個意思。」

儘管嘴上在笑，她的眼神卻感覺有種若隱若現的陰霾。我心想：糟糕，她的地雷似乎埋在出乎意料的地方。對於初次見面的對象不想被人碰觸的部分，我沒有勇氣直搗核心下去。

「聽說妳住得很近？」

我巧妙地扯開話題。

麻美的表情也為之一變，反覆點了好幾次頭。

「對對對！大概走十分鐘左右就會到了。很不妙對吧。」

「並不會。」

默默聽著我和麻美對話的沙優啞然失笑。我想說這麼突然，沙優是怎麼了，而看向那邊，只見她抖著雙肩發笑，並交互望著我和麻美。

「你們明明才剛見面，也混得太熟了吧。」

「咦，是嗎？」

「嗯，吉田仔跟我已經有種靈魂伴侶般的部分了。」

妳是明白靈魂伴侶的意思才這麼用的嗎？不，妳絕對不懂。

面對麻美的輕佻發言，我強顏歡笑，沙優則是放聲笑著。我剛回來的時候沙優對麻美顯得相當緊張，而今我感覺那份情緒逐漸緩解了。

「對了，今天的味噌湯呀——」

就在沙優開口的時間點，她的手機在桌上猛烈震動起來。偌大的震動聲響徹室內，所有人的肩膀都抖了一下。

「嚇死我的毛。」

麻美嚇死毛了。

看來是有來電的樣子。沙優確認了撥電話過來的對象後，露出有些緊張的神情。

「是店長。不曉得什麼事。」

「啊——是店長嗎？八成是要講排班的事吧。」

「抱歉，我去外面講。」

沙優拿著手機慌忙地衝向玄關，穿上鞋子走到家門外頭去。這並非什麼隱私話題，在家裡接聽也無妨，她在這種地方似乎也會忍不住太多心呢。

只剩下我和麻美兩個人了。

方才沙優做飯的期間，要說我們兩個單獨談話也不為過，可是「實質上」和「實際上」獨處的意義感覺大相逕庭。據說麻美和沙優一樣都是十七歲。

沙優剛來時我也這麼想過，和剛見面的高中生一對一共處這種狀況，強烈散發出社會所不容許的危險味道，讓我的背部下意識地流出了討厭的汗水。

「店長一講起電話來都爆久的，照這樣看或許會花上一段時間。」

語畢，麻美把白米飯送入嘴裡。

「不光是要講工作內容嗎？」

「嗯——」

我一詢問，麻美便在動著嘴巴咀嚼的同時，伸出掌心對著我這邊。這個手勢是「我在咬東西，你稍等一下」的意思吧。我的腦中浮現出了三島的臉龐。喂，就算是女高中生也不會邊吃邊講話喔。

吞下口中的食物後，麻美開口說道：

「店長是個渴望有人陪伴的類型。先是因為工作的事打電話過來，可是講到一半就會變成閒聊了。都聊超久的啦。講過好多次也改不掉，真的令人生厭。」

「令人生厭」這句話讓我有種奇妙的突兀感。並不是麻美用錯了，只是聽起來和她的語氣莫名有所背離。

「講是這樣講，妳依然每次都會奉陪吧。妳還真善良耶。」

「不然店長感覺很可憐嘛。我會覺得，自己不想成為那種寂寞的大人啦。」

我心想，這番話還挺辛辣的。

寂寞的大人——這個分類鐵定也適用於我吧。

「比起那個呀——」

麻美驟然惡作劇般的瞇細眼睛說：

「你和沙優妹仔是什麼樣的關係？」

面對這個問題，我歪頭感到不解。她不是已經在沙優下廚做晚飯的期間，問過一大堆事了嗎？

「剛剛我講過了吧，我們以前住在附近……」

「啊——你用不著說這些。」

麻美不住揮著手，打斷我說話。

「吉田仔，你說謊的功力廢到笑。那些事情很顯然全都是捏造的啦。」

「……真的假的啊？」

就算我結結巴巴述說，麻美也會回以「喔——！」或「好好笑！」的過度反應，我

還以為她相信了。

「你呀，提到和沙優妹仔的往事時，眼神整個都在游移不定。游啊游的，超不妙啦。還以為你在參加世界游泳錦標賽咧。」

麻美喋喋不休地說完，放聲大笑。

世界游泳錦標賽這個譬喻也讓我忍不住笑了出來。這個人的遣詞用字相當獨特，我覺得很有趣。和我思索著這種事的輕鬆心情相反，我的焦慮大概也是相同程度。

謊言被揭穿了。可是，我該如何解釋才好？我不知道蒙混過關的方法。就算要據實以告，也不能未經沙優允許，擅自在此一五一十地全盤托出。

「看，你的眼神又在飄了。」

麻美得意地笑道。

「你可以坦白講無妨喔。」

我冷汗直流。

但也不能一直默不作聲下去。

「……我和沙優是……」

我吞了口唾沫，藉此排解緊張。

我腦內回憶起沙優的笑容。那張表情肌使不上力的軟嫩笑臉。如果在此向麻美坦承一切，沙優會露出什麼樣的表情呢？

忽然間，我的焦慮消失無蹤，整個冷靜下來了。

「……沙優所說的是『事實』。」

聞言，麻美的眉毛抽搐了一下。

「『事實』是什麼意思？」

麻美追問我「事實」這個詞的意義。

她應該不是在問詞彙本身的解釋，而是我基於何種想法說出來的。

我抓了抓其實並不癢的頭說：

「政治家常常都會說啊。」

「說什麼？」

「『我不記得了』這樣。」

我的話令麻美不自主地稍稍發笑。

「也太突然啦。這和目前的狀況無關吧？」

「不，妳聽我把話講完。妳覺得，那樣說的人當真不記得了嗎？」

我開口詢問，於是麻美幾乎沒有花時間思索就搖了搖頭。

「那怎麼可能呀。忘記自己講過什麼話的政治家，也太糟糕了吧。」

「對吧？可是，既然本人如此表示，我們也只能那麼認為了。」

我說到這裡，麻美便不住輕輕點頭，一副了然於心的樣子。

「我懂。換句話說，就是當成那麼一回事對吧。」

我並未回應，默默地予以肯定。

說謊騙麻美的人不是我，而是沙優。我認為，由我自作主張地揭穿是錯的——不，應該說不正確。

「但那樣就跟承認撒謊沒有兩樣嘛。」

麻美略微瞇細了眼睛，望向我的雙眼彷彿要射穿似的。總覺得她好像在測試我，不過無論如何，我要說的話都不會改變。

「我沒有機靈到能夠隱瞞東窗事發的真相，再進一步扯謊。況且——」

我在此停頓下來，深深吸了口氣。與此同時，感覺應當說出口的話語逐漸在我心中聚集了起來。

忽然覺得好想抽菸啊。

「我認為，由我私自講出那丫頭想要隱瞞的事情，是不正確的。」

語畢，我把碗中所剩下的最後一口白米拋進嘴裡。我在意起不發一語的麻美而往她那裡看去，只見她張大了嘴巴直愣愣地盯著我瞧。

「幹嘛啦？」

我露出狐疑表情，麻美才像是回想起自己臉上長著嘴巴似的，驚訝得倒抽一口氣。把手抵在嘴上，緊接著笑逐顏開。

「哈哈，你真的是個亂好一把的人呢。嚇壞我了。」

「啥？好人？」

聽我反問，麻美便輕輕頷首，低頭讓目光落在桌上。

「一般來說，人類會以『想不想做』而不是『正不正確』來思考嘛。」

「我也是靠想不想做來判斷的喔。」

我這番話令麻美抬起視線，目不轉睛地凝視而來。我想她是在問「這是什麼意思」吧。我感覺到麻美的眼神，表達能力格外地強烈。

我輕輕吁了口氣，把話說了下去。

事情很單純。

「我不想做不正確的事情，僅此而已。」

麻美整個瞪圓了雙眼。

隨即猛然噗哧一笑。

「喂，怎樣啦？我講了什麼奇怪的話嗎？」

「啊哈……沒有，不是那樣……」

麻美一副打從心底感到逗趣似的頻頻發笑，之後抬起頭掩著嘴巴說：

「你在講這種話的時候眼神絲毫不會游移，爆有趣的啦。」

「為什麼會有趣啊？」

「有滿坑滿谷的傢伙會耍帥講出這些話，可是那種人的眼睛多半都會到處飄。感覺就像是去跟別人借用帥氣的台詞似的，真的超好笑的啦。可是吉田仔剛剛那番話——」

麻美此時稍作停頓，而後收起了笑容。

「我知道你是由衷說出的，讓我嚇了一跳。」

麻美並沒有說嚇死她的毛。

我面露苦笑，像隻鸚鵡般複述了一次。

「妳嚇了一跳嗎？」

「啊，對了對了，嚇死毛，嚇死我的毛啦。」

麻美大吃一驚地顫抖著肩膀，趕忙改口說道。她接著把話說了下去，藉以掩飾。

「吉田仔，你這個人好到嚇壞我的毛呢。」

「沒這回事。」

「有啦。沙優妹仔真的太走運了。」

說完，麻美的視線再次落到桌上。見到她眼中泛起略顯昏暗的色彩，我便自然而然地別開了目光。

「就算能選擇來往的對象，也無法挑選遇上的人呀。」

麻美低聲說道。

先前的辣妹用語上哪兒去啦——我有種很想如此調侃的衝動，卻打住了。

「所以我覺得，能夠遇見一個讓人想深交的好人，是件極其幸運的事情。」

起初沙優帶麻美來的時候，我強烈懷疑為何她會和這種前輩變得如此融洽，甚至都帶回家來了。然而，麻美不時會流露出好似瞭望遠方的眼神，那和沙優有幾分相像。

我搔抓著後頸，態度馬虎地說：

「無論任何人都會有這樣的邂逅吧。假如不是現在這個時間點，那就是今後了。」

「這是怎樣？我並沒有在追求那種事物啦。好好笑。」

回過神來，麻美已經變回原先的辣妹口氣了。

「我說妳啊，那樣說話不累嗎？」

「啊？哪有什麼累不累的，我原本就是這樣講話呀。」

「那妳不時出現的正常說話方式，是刻意為之的嗎？」

面對我這番話，麻美明顯露出了「糟糕」的表情。見狀，我不禁笑了出來。

「你笑什麼笑呀！爆煩的耶。」

「沒有啦，我想說妳雙眼透露的情感也未免太豐富了。」

「啥？什麼意思？」

我望著麻美的視線四處飄移，同時抖著雙肩笑，並指著她說：

「還以為妳在參加世界游泳錦標賽咧。」

麻美顯而易見地羞紅了雙頰，之後毫不留情地拍打我的肩膀。

「痛死啦！」

「笨蛋！你這人超討厭的！」

就在我被麻美狂揍著肩頭時，玄關的門扉打開了。

「抱歉抱歉，店長的電話講很久……呃，你們怎麼了？」

回到房裡來的沙優見到我和麻美，納悶地瞇起雙眼。

麻美神色頓時為之一變，站起身來蹭向沙優。

「妳聽我說，沙優妹仔～吉田仔他欺負我。這個大叔真的爛透了啦！」

「喂。」

沙優交互望向我和麻美，露出了苦笑。

「你們又變得更熟了嘛。」

「妳覺得看起來像嗎？」

嘴上說著「好好好」的沙優讓蹭過來的麻美坐回原位，而後看向我這邊。

「因為你們兩個都不怎麼緊張了呀。」

我一聲不吭地聳肩給她看。

感覺沙優在感知他人氛圍或神情這點上頭，果真擁有相當敏感的天線。我不由得心想……謊言對這丫頭八成不管用吧。不過我自始至終沒有撒謊騙人的意思就是。

我瞄向時鐘，發現已經過晚間十點了。

差不多該讓高中生打道回府了，不然會很糟糕。

「好啦，趕快把剩下的東西吃一吃回家吧，我送妳回去。」

「咦，不用啦。我走十分鐘就到了。」

「笨蛋，現在已經是高中生獨自在外頭走，會被抓去輔導的時間了。」

聽我講完，麻美笑著左右揮手。

「這一帶沒有條子出沒啦。」

居然說條子……

實在古老過頭的用詞，使我無言以對。

「再說，在這種時間帶著ＪＫ到處走，會是你遭到盤查吧。笑死。」

一瞬間我想像起被警察攔檢的自己，不禁打了個冷顫。但是，萬一讓高中生獨自回去卻遇上可疑人物的話，這也令我坐立難安。

「總之，這麼晚我不放心讓妳一個人在外面走動，所以我要送妳回去。」

我重新換了個說法，於是麻美哼笑了一聲。

「一開始這麼講就好啦，好好笑。」

這個人為何如此不可一世啊？

「就讓他送妳回去吧。我不希望妳來家裡玩，卻在回程碰上什麼意外或事件。」

聽見沙優如是說，麻美也連連點了好幾次頭。

「沒辦法，既然沙優妹仔也這麼說了，我就老老實實地讓你送回家吧。」

「妳這是哪門子高高在上的態度啊……」

儘管掛著苦笑，但我並沒有那麼討厭麻美這種口氣。這份輕鬆自在的感覺，很像男生之間彼此在說笑。

「不過，就算你被攔查我也不負責，這部分就拜託嘍。」

「別說那麼多了，妳趕快吃啦。」

捧腹大笑的麻美，動手吃掉剩下的菜餚。不曉得什麼事這麼好笑。

我把目光從麻美移到沙優身上，結果和她四目相交了。沙優緊盯著我的眼睛瞧。

「幹嘛啦？」

「吉田先生，感覺你在竊笑的樣子。」

「我才沒有咧。」

我草率地回答沙優後，只見她輕聲嘻笑，隨後也開始動起筷子吃剩下的飯。

一開始想說她還真是帶了個沒禮貌的辣妹來，不過她們倆似乎意外地能夠處得很好呢。

一直在我家這個封閉空間足不出戶的沙優跑到外頭去交新朋友，感覺是件非常好的事情。

只要像這樣不斷累積嶄新的經驗，等到過去的苦楚變得無所謂的時候，再好好去面對就好。

「我吃飽了。」

我搶先一步吃完晚飯，匆匆跑到陽台去。莫名地非常想抽菸。這並非由於壓力，而是我想叼著菸沉浸在銘感五內的情緒中。

香菸這玩意兒，無論是煩躁或開心的時候都會讓人想抽，實在很難搞。

＊

「到這裡就可以了。」

送麻美回家的路上，我們倆相談甚歡。大概走了八分鐘左右，麻美如此說道。

「我送妳到家門口。」

「不了，沒關係。應該說，我不想被人看到我家。」

麻美這句話，蘊含了明確的「拒絕」之意。我明白她並不是客氣才這麼說，因此我也不再堅持。

「這樣啊。雖說再走兩分鐘就到了，妳回去還是要留意一下喔。」

「你也太愛操心了吧，好好笑。」

麻美淺淺一笑，而後對我揮揮手。

「那就再見啦。雖然現在講為時已晚了，金搜哩，今天不請自來。」

「不會。除了我家狹窄這點，我並不怎麼傷腦筋。」

這番話是騙人的。老實說從公司回去的時候，我整個人心神不寧。

「但我真的覺得那個家挺不錯的喔。包含狹小在內。」

說完，麻美聳了聳肩。儘管態度戲謔，她的眼中果然還是藏著略顯昏暗的顏色。

我不清楚她對「狹小的房子」抱持著何種憧憬，不過看到麻美那雙眼眸，實在是令人不舒服。

「既然妳那麼喜歡，那下次再來就好啦。」

聽到我這麼說，麻美雙目圓睜。

「咦，可以嗎？」

「拜託妳陪陪沙優啦。」

麻美綻放笑容，指向我。

「你是父親不成？超好笑的。」

「我是監護人啊。」

麻美對我的回答頻頻頷首，之後吐了口氣。

「監護人是吧——我覺得可以。既然你說好，那我會再去的。」

麻美笑道，並舉起一隻手說再見後，背對著我。

我也舉起手點頭致意，目送麻美快步離去。

突然間，麻美在半途轉過身來，再次走回我面前。

「有句類似小小忠告的話要跟監護人先生說。」

麻美以食指指著自己的臉龐。

「沙優妹仔她超級擅長視場合使用不同笑容，你最好當心點。」

不等我回應，麻美便一副該說的話都已經講完了似的，再度轉身邁步而去。

我不發一語地望著她的背影。在前面不曉得第幾個十字路口左轉後，就看不見她的身影了。

「視場合使用不同笑容……」

我腦中浮現出沙優的笑臉。

傻笑。

苦笑。

以及感覺別有隱情的笑容。

倘若這些全都是自己隨心所欲操控的話……

麻美那句「最好當心點」在我腦中重播。

「話是這麼說，但……」

是要我針對什麼，又要怎麼個當心法啊？

嘆了口氣的我，開始朝自己家走去。

第4話　晚餐

「這樣嗎……唉，我是不會強人所難啦，只是沒想到這次也會被拒絕啊。」

小田切課長如是說，毫不掩藏失落之情。

聽見這番話，儘管滿是過意不去的心情，卻也無法點頭答應。

他是來委託我出差的。

若是從前，出差業務我會二話不說地接下，可是現在有沙優待在家裡，我可不能長期不在家。以前我婉拒過一次出差時就讓課長嚇了一跳，回絕第二次，他的臉色果然也不好看了。

「你最近是怎麼了？工作上愈來愈沒有幹勁了嗎？」

「不，沒那回事！」

「我想也是呢。看你的工作表現，就可以知道並非如此了。既然如此，你是不是有什麼理由呢？用不著顧慮直接告訴我，我心裡頭也就不會有疙瘩啦。」

追究雖是理所當然的，對我而言卻是非常難熬的痛處。

從好久以前就隱隱約約地想著，要為了這種情形事先準備好藉口，可是沒料到會在這麼短的期間內又被詢問到出差的事情，我整個太疏忽大意了。

「你是交了女朋友嗎？如果是的話，直說無妨。不過……又不是已經結婚了，我覺得用這種理由拒絕好像也說不過去啦。」

「我並非交到了女朋友之類──」

「那不然是什麼原因？」

小田切課長儘管語氣不怎麼強硬，卻感覺得到他散發出一股氣魄，這次沒有不過問原因就放我一馬的意思。

真是讓我傷透腦筋了。

我不可能說出家裡住了一個女高中生這種事。然而，我也沒有機靈到隨即講得出粉飾太平的謊言。

當我在這個令人胃痛的數秒沉默之間，慌張地心想該如何是好的時候，小田切課長的背後忽然出現了一張熟悉的臉龐。

「咦，是小田切課長。您辛苦了。」

「喔，三島……」

從小田切課長身後探出頭來的人是三島。

「我有點事情來找吉田前輩，兩位在忙嗎？」

「是啊，在稍微討論出差事宜。」

一聽見課長的話語，三島立刻浮誇地張大了嘴巴，「咦」了一聲。

「出差？吉田前輩嗎？」

「嗯，不過他剛拒絕掉就是了。」

「這也難怪，他現在沒辦法出差啦！」

三島特別大聲地如此說道。突如其來的舉動，連我都吃了一驚。

「吉田前輩他有講，這個月必須定期回老家才行嘛。說是媽媽身體不好……」

說到這裡，三島一副猛然驚覺似的伸手按著嘴巴。

「……啊，這件事情是不是不能提？」

接著她看向我，感覺十分尷尬般的歪過頭。三島的表情固然像是「看似尷尬」，投向我的目光卻明顯暗藏了其他意圖。

『別管那麼多了，快點頭附和。』

這樣。

「啊……嗯……這個……講都講了，也沒辦法呢。」

我略略垂下視線頷首回應，三島便壓低聲音說了句：「不……不好意思……」並低

下了頭。

見到我和三島這副模樣，小田切課長連忙左右揮手。

「什……什麼啊，如果是這種事情的話，你一開始告訴我就好啦。」

「不……」

「吉田前輩是個很顧家的人，不想把家人拿來當作這種時候的藉口用，對吧？」

「是……是啊……」

三島像是已經料想到我無法好好回答似的，口若懸河地講個不停。

「既然如此，我會去找其他人。吉田，就算這種理由難以啟齒……你也只要含糊地說是『家庭因素』就好了喔。」

小田切課長以和方才截然不同意義的熱情模樣，直視著我的雙眼。

「你平時就很認真工作，若是因為這種事而辭退，我不會去懷疑理由本身啦。下次你可要確實告知。」

「……是的，不好意思。」

明明徹頭徹尾是三島捏造的謊言，他卻如此單純地深信不疑。儘管對此感受到無與倫比的罪惡感，我仍是點了點頭。

「不過真傷腦筋呢。這麼一來該找誰才好呢？」

小田切課長說完，放眼環顧附近的座位。

「這種時候很好用的遠藤，如今也正在其他地方出差。」

從前出差的事情落到我身上時，代我前去的同事，就是隸屬同一個小組的遠藤。他平常所坐的位子，現在空無一人。沒記錯的話，他應該是大約一週前到東北地區出差了才對。和遠藤很要好的同事——小池這次也與他同行。

「可是橋本他有太太，其他新人即使派去出差也辦不了什麼事。」

接著，課長望向我旁邊的座位。不久前還在靜靜工作的同事橋本，或許是察覺到小田切課長前來的氣息，我一回過神他就離開位子了。對我而言，橋本就像是一個值得依靠的夥伴，偏偏只有在這種時候一點也不可靠。不論好壞，他這個人都會以最大限度進行自己的風險管理。

小田切課長苦於無人拜託而緘默了下來，我則是才剛拒絕掉，不曉得該怎麼向他開口才好。這時一個出乎意料的人物，打破了我們之間的絕妙沉默。

「小田切先生，打擾一下。」

遠方座位傳來一道威風凜凜的嗓音。

我看向聲音的來源，只見後藤小姐舉起一隻手對小田切課長投以微笑。

由於後藤小姐難得會在這種時機向我們搭話，我和課長都嚇得身子完全僵住。

但課長立即像是回想起自己的身體會動似的不住點頭，而後低聲留給我一句「我去一下就回來」，便到後藤小姐的位子去了。

後藤小姐是我的上司。將我帶到這間公司的人是她，同時她也是我的單戀對象。若要更進一步詳述，我還已經被她給甩了。

我的手上有專案，而後藤小姐主要是處理人事及事務工作，與其他人相比，我們倆鮮少會在執行業務中產生對話。但因為我們在同一間辦公室工作，因此她的身影每天都經常會映入我的眼簾。

我茫茫然地眺望著比手畫腳對小田切課長傳達些什麼的後藤小姐，突然有人戳了戳我的側腹。

是不知何時靠近我身旁來的三島。她的目光並未朝向我，只是小小聲地說道：

「吉田前輩，我想你最好準備一下藉口喔。」

她是指出差吧。

雖說事情太過突然害我嚇到，不過剛才三島的行動幫了我很大的忙。

「剛剛謝謝妳啊。」

我低聲回應，於是三島有些害臊地哼笑了一聲後，搖搖頭。

「忽然說你家人身體出狀況，真的很抱歉。是我太冒失了。」

「不會，沒關係……像樣的理由或許也只有這個了吧。」

「可是，我想這不該是外人擅自說出口的謊言。」

我側眼看向三島。

看這個後進平時做事總是偷工減料，我拿她束手無策，不過這種時候我卻感受到她注重禮節及夠義氣的一面。

「是因為沙優對吧？」

「……是……是啊。」

我常常會差點遺忘，其實她和沙優見過面了。

公司同事裡知道沙優存在的就只有橋本和三島兩個人。正因如此，三島才會看不下去我這次的窘境，特意前來相助吧。

「總之，真是得救了。」

語畢，三島掛著陰鬱的眼神看向我說：

「沒有什麼……謝禮嗎？」

「妳突然間很厚臉皮耶。」

「但實際上你是多虧我才獲救的，稍微表達一下心意也不過分吧。」

「我會請妳吃飯啦。」

「一言為定喔。就我們兩個單獨去！」

「我出錢的飯局還帶上別人，那可就不得了啦。」

聽聞我的話語，三島用力握起拳頭，誇張地點了個頭。

「我得在這種地方賺取吉田前輩點數才行。」

「這哪門子可疑兮兮的點數啊……」

就在我似笑非笑地如是說的時間點，小田切課長和後藤小姐同時望向這邊，害我吃了一驚。後藤小姐盈滿了笑容偏過頭，課長則是反覆點點頭之後朝我這裡走來。看來他們倆談完了。

「後藤小姐說這次會幫忙進行調整，讓其他分公司派人出去。哎呀，真是幫了我大忙。」

「啊，真的嗎……真是太好了。」

我打從心底感到放心。

不能丟下沙優固然是最優先事項，讓照顧我的上司困擾，自然也並非我本意。不得不回絕，而且我一旦婉拒就沒有人能前去——這個狀況坦白講相當令我精神耗弱。

一想到後藤小姐八成是看不過去我逐漸惡化的狀況才出面關心，讓我覺得之後也得以個人的立場向她道聲謝才行。

我帶著此種別無深意的思緒望向後藤小姐那邊，結果我們兩人的目光碰著正著了。原本差點就要別開視線，卻不知為何受制於「撇開眼神就輸了」這個神祕的競爭心態，維持四目相望的狀態。不久，後藤小姐嫣然一笑，向我輕輕招手。

這個動作實在過於唐突又極為自然，過了一會兒才發現那是對著我做的。我呆愣愣地眺望著後藤小姐，她便有些納悶地皺起眉頭，又招了一次手。至此，我才終於注意到她是在叫我。

「前輩。」

「好痛！」

我的側腹部再度被手肘頂了一下，於是我望向三島。只見她抬起下巴指著後藤小姐的方向。

「她在叫你喔。」

「啊，果然是在找我嗎？」

「其他還會有誰呀，真是的……你趕快過去不就好了？」

「喔……好……」

為什麼妳的心情如此之差啊？

三島明顯露出銳利目光狠瞪著我，接著才這麼說。我對她連連點了幾次頭之後，便

走向後藤小姐的座位去。

「真是……你幹嘛不馬上過來呀？」

「呃，一瞬間我不曉得是在叫自己。」

對著面露淘氣微笑打哈哈的後藤小姐，我回以毫不掩飾的答案，接著她便嘻嘻笑著，重新在座位上坐好。

後藤小姐的姿態很端正。再次坐好時，她也是稍微傾斜身子彎起膝蓋，挺直背脊。我不禁以目光追著這一連串的動作。

即將來到梅雨季也有影響，開著空調的公司內部因濕度而略顯悶熱。我們公司在挺早的時期就採納了社內涼夏商務方針，有不少員工是穿著一件襯衫在工作。當中也包含了我和後藤小姐。

後藤小姐就座之際，拜敞開的第一顆鈕釦之賜，她的鎖骨稍稍露了出來。見狀我趕忙別開眼神。

「所……所以……妳找我有什麼事呢？」

逕自尷尬起來的我主動開啟話題，於是後藤小姐瞄了一眼我身後，才指著自己的電腦螢幕。

對這個舉止感到突兀的我轉身向後一看，結果和緊盯著這邊的三島對上眼了。並非碰巧四目相交，她確切無疑是放下手邊的工作看著這裡。

『給我動手做事。』

我皺起臉龐，做了一個敲打鍵盤的手勢後，三島也不服輸地猛力皺著臉，之後裝模作樣地吐出舌頭，才把目光落在自己的電腦畫面上。

「呵呵，你們的感情真的很好呢。」

「不，並沒有……」

被眺望著整個互動的後藤小姐取笑，我覺得有點害臊。

接著我把視線挪回後藤小姐身上，她便再次指著自己的螢幕。

我稍微靠到她身邊去看向電腦螢幕，只見開啟的Word檔上頭寫著：「今天下班後你有空嗎？」確認到我讀了這行字後，後藤小姐就敲響鍵盤，補上一句：「要不要吃個飯呢？」

近來，我和後藤小姐私下去用餐的情形變得比以前多了。雖然很令人開心，可是這個邀約方式，和過去唐突地與後藤小姐去吃烤肉時的走向一樣。記得當時她半單方面地逼問我是否有女朋友，讓我覺得相當困窘。後藤小姐願意撥私人時間給我，這件事本身令我非常高興，但銘刻在我心中的那段記憶稍嫌苦澀。

然而，我不會放過「受到後藤小姐邀請吃晚餐」這種幸運事件。何況，我的個性原

本就不會毫無理由拒絕上司的邀約。

「我可以去喔。」

儘管回想著苦澀的記憶，我仍然點頭答應了。

「這樣？太好了。那詳情我們在午休時間用郵件討論。」

後藤小姐簡短地說道，而後嫣然微笑。

「我知道了。」

我盡量做出平淡的回應，以期這段交談看起來像「工作上的對話」。說句「那就不打擾了」並稍稍低頭致意後，我離開了後藤小姐的座位。

就在轉過身子的同時，我望見三島的頭很明顯不自然地搖晃了一下，但我決定置之不理。

回到自己的位子後，隔壁座位的橋本掛著一臉若無其事的表情回來了。

「你廁所上得還真久耶。」

「我肚子忽然痛了起來。」

「是喔是喔……」

我瞪視著滿不在乎地如此回答的橋本，於是他便露出了別有深意的笑容。

「你不也是在上班時間和後藤小姐說好要去約會？」

「才不是約會咧……」

「你不否認並非公事呢。」

「吵死了啦。」

明明察覺了大致上的情形，卻又如此出言揶揄，真是令人火大。

先不管巧妙地避開與小田切課長碰頭，灑脫地回到工作上的橋本。既然要在外面吃晚餐的話，首先得聯絡沙優才行。

我拿出手機，言簡意賅地輸入訊息。

『抱歉，後藤小姐約我去吃晚飯。今天我會在外頭吃過才回去。』

其實我也並非不想講得更體貼一點，可是我正在上班，因此整理出一個簡潔的內容後，隨即送出了。

橋本側眼望向我這邊，之後以顯然是在調侃我的語氣說：

「喔，你在聯繫太太嗎？」

「你給我適可而止啦。」

把肉片放在烤網上，立刻便發出了「滋」一聲。

我觀察肉片表面冒著小泡泡並逐漸收縮的模樣，拿夾子一片片翻面。

「嗯——感覺很好吃。」

不知是否我多心，感覺坐在對面如是說的後藤小姐，眼神要比平時還璀璨。

我和後藤小姐再次來到以前曾一起光顧過的烤肉店。

見到原本是粉紅色的肉片兩面都變成了淡橙色，我便以夾子稍微按壓看看。透過夾子，肉片的彈性紮紮實實地回到了我手上。看來裡頭也烤得恰恰好。

「可以吃了喔。」

我說著並夾起一片肉，後藤小姐便以雙手輕輕舉起自己的小碟子。我把肉放在那兒之後，她有些孩子氣地笑了。

「呵呵，謝謝你。你果然是烤肉負責人呢。」

「沒那麼誇張啦。」

我和後藤小姐面前擺著喝過幾口的啤酒杯，也已經乾過杯了。

我們聊著無關痛癢的話題同時烤著肉，在逐漸酒足飯飽之際，我也愈來愈焦急了。

「所以，今天妳怎麼會約我？」

雖說狀況稀鬆平常，我早已習慣，後藤小姐就是不肯主動進入正題。這次我也試著稍微放寬心等她，但無論等多久她果然都沒有開口，最後我只好折服了。

後藤小姐偏過頭表示不解。

「什麼意思？」

「呃，妳應該有什麼事要找我對吧？畢竟妳特地在上班時間用那種方式叫我。」

聽我說完，後藤小姐露出傷腦筋的神情，而後嘟起嘴唇。

「什麼呀，被你發現啦。」

我在心底咒罵：妳是故意做給我看的吧。儘管有些煩躁，見到她此種頑皮表情卻總會令我心跳加速，先迷上對方的人就是屈居劣勢。

「也沒什麼發不發現的……」

「呵呵，也是啦。」

後藤小姐再把小碟子上的一塊肉放入口中，緩緩咀嚼著。接著她將肉吞嚥下去後，歪過頭窺探我的眼睛。

「你為什麼拒絕出差呢？」

果然啊——我如此心想，並感覺到自己的神情變得僵硬。然後在神色有異的時間點，我就體認到自己無法對這個問題避而不談了。後藤小姐是直盯著我提問，所以不可能沒有注意到我的表情變化。

「之前我也說過，我並不是在責備你。公司的方針也是不強迫員工承接出差業務，要接受或推掉都是個人自由。」

沒錯。這間公司不愧是在短期間內業績長紅進而上市的新創企業，強烈傾向不採用會令現代年輕人感到「過時」的制度。比方像是午休可以從上午十一點到下午三點之間各自挑選喜歡的時段休息，或是在當事人要求之下改成彈性工時上班。後藤小姐方才所講的「無須強制履行主管命令」這點，也包含在其中一部分。

我認為，正因為這家公司花了很多心血，讓每位員工都能不受制度面的壓力影響來工作，所以業績才會蒸蒸日上。

「因此會這樣子詢問，完全是基於我個人的興趣。」

「是這樣啊……」

面對後藤小姐的話語，我含糊地附和著。

「上次吃烤肉時……我也……像這樣提問過，但……」

後藤小姐冷不防地開始吞吞吐吐，於是我將別開的視線轉回她身上，結果發現她露出格外忸怩的模樣，把原本朝向我的目光落在桌上。

「你說過，你和三島之間沒什麼對吧……？」

「呃，又要談這個嗎？我和她根本沒事發生啊……」

「可是你們一塊兒去吃午餐的頻率增加了不是嗎！」

「那單純只是因為比之前來得要好……要好？不，該說是她黏著我嗎……我不太會表達，只是我們共同行動的機會變多了而已啦。」

「那麼假設……假設當真是這樣好了。」

後藤小姐不但加強了語氣還配上肢體動作，氣勢逼人的說話方式很不像她。

「近來你明顯地比以前還想準時下班嘛。」

「就……就說，那是因為我想多爭取一些睡眠時間……」

「不，我說你呀，唯有這句話絕對是謊言。你不該在眼神飄得這麼凶的情況下打斷別人講話。」

「我……我沒有說謊啦……」

這是騙人的。

以陰鬱目光瞥了我一眼後，後藤小姐輕輕嘆了口氣，才緩緩開口道：

「雖然你自己八成沒有放在心上，但是──」

她如此說出這句開場白。

「吉田，你之前從未在上班時碰過手機呢。」

接續而來的話語令我感到胃痛。我萬萬沒想到，她居然連這種地方都有注意到。也

許是察覺了我的表情變化，後藤小姐慌慌張張地左右揮手。

「哎呀，對不起。這也不是在責備你。我知道你不是遊手好閒。」

「呃，是啊……」

後藤小姐對我曖昧不清的應聲露出苦笑，接著說了下去。

「只是，先前未曾在上班時間碰觸手機的部下，突然開始做起這種事情來……會讓人想說是否有了聯絡的對象嘛。」

「這……或許吧。」

坦白說我並不想回以肯定的答覆，可是就如同她所言，這確實是極其正常的邏輯推論無誤。出言否定也沒用，因此我乖乖地點頭。

「所以我非常在意……啊，你要再來一杯啤酒嗎？」

「好的……麻煩了。」

聽聞我的回答後，後藤小姐露出笑容，按下了服務鈴。她向前來的店員簡潔地告知「請再給我們兩杯啤酒」，便一把抓住我面前的空杯子，連同自己的玻璃杯一起遞給對方。

「不好意思，應該是我要留心才對……謝謝妳。」

「不會，這並非公事上的應酬，你不用掛心。」

話是這麼說沒錯，但——我原先想這麼繼續講下去，卻打消念頭了。我發現她在暗示說，目前就拋開立場來談談吧。

「所以……」

後藤小姐略微低垂著頭呢喃道，之後把視線投向我這兒。

「如何呢？」

用不著特地反問「如何」這句話指的是什麼，我也明白。她的提問是想一口氣把「為何婉拒出差」以及「你是在和誰聯繫」這些事情囊括在內吧。

「這……」

我開口回應，然後又一度閉上嘴巴。

我原本真的打算不跟橋本以外的任何人提到沙優的事。然而，也不曉得是何種機緣巧合，沙優借住在我家的事洩漏給三島知道了。

事已至此，也沒有固執地隱瞞後藤小姐的意義了，不是嗎？

「讓兩位久等了，這裡是兩杯啤酒。」

「啊，謝謝……」

快步走來的店員迅速地把啤酒擱在桌上後，留下一句「請慢用」便匆匆前往其他桌去了。

看著後藤小姐將兩只玻璃杯分別擺在我倆面前，便覺得內心思緒逐漸釐清了。

沒錯。在思索要不要講出沙優的事情之前，我想先化解一個突兀感。

先前所感覺到的疙瘩，終於在我心中化為言語了。

「在那之前，我可以提問嗎？」

後藤小姐對我的問題愣了一下後，偏過了頭去。

「什麼事？」

「不，那個……」

我明白後藤小姐這番質問的意義，以及為何會有這樣的疑問。只是，有件事情我無論如何都搞不懂。

「為什麼妳會如此在意我的行動呢？」

我望著後藤小姐的雙眼詢問，於是她顯而易見地露出了嚇一跳的模樣。

過去她的發言，包含了許多可以知道對我行動觀察入微的內容。至今我並未想得太過深入，只認為「社員的動向她還看得真仔細」。但光從她今天的談話聽來，就「有在注意全體員工」而言，顯然看得太過鉅細靡遺了。

不，她有在留意並觀察所有同事這點，我想實際上鐵定是這樣沒錯。她會緩緩環顧整間辦公室，或是算準時機主動走來走去，好讓有事找她的人方便攀談。我經常會看到諸如此類的身影。

可是，今天後藤小姐所指出的內容，倘若她當真是以相同觀點察看每一位員工，我認為那終歸無法全盤記住。

如此一來，雖然我不想變得太自我意識過剩，不過最後會歸結到「她是不是只有特別深入觀察我」這個結論上頭。

我一直將她視為戀愛對象思慕了長達五年之久，而後戀情告吹了。然而我卻逐漸明白到，比起其他員工，後藤小姐更加仔細地注意我。我實在無法抹去這份異樣感。

難道我在後藤小姐心目中，並非「眾多社員之中的一個」嗎？假使她有特殊意圖的話，那會是什麼樣的念頭呢？

在消除這個疑慮前，只有我坦承自己的祕密，總令我感覺很不公平。

「如果是妳不願意答覆的內容，不用勉強也沒關係啦。」

而那份情緒，在我心底似乎比想像中還要來得更有分量。

「倘若妳不肯回答，我也不會回應妳的問題。」

我做出平時所無法料想的強硬發言。

我這番話讓後藤小姐稍稍瞪大了雙眼，又連連眨眼好幾次。接著她略微抬起嘴角，吁了口氣。

「嚇到我了……」

語畢，後藤小姐像是要掩飾過去似的喝了口啤酒。見狀我才想起，加點的啤酒我一口都還沒喝。泡泡大概減少了一公分左右。我也連忙大口灌起啤酒來。嗆辣的暢快刺激通過喉嚨。不知為何，這令我反覆思索起自己那番剛強的發言。

「原來你也會有那麼拚命的時候呢。」

後藤小姐此話一出，雙頰隨即泛紅了起來。為何會在這個時間點臉紅啊？

「嗯，我確實比其他人還要更關注你。這是事實。」

娓娓道來的後藤小姐模樣有點奇怪，感覺沒有平日的從容。她的視線並未看向我的眼睛，而是在桌上游移不定，還紅著臉頰。

我不發一語地等她接著說下去。

「嗯。」

後藤小姐逕自點點頭，一直別開的目光終於投向我身上。

「那個……希望你冷靜點聽我說……不，一定會嚇到的吧。」

「……什麼？」

「就是……關於我為什麼會那麼鉅細靡遺地注意你。」

「……是的。」

見到她這副樣子，我便明白了。她此刻是認真地想要回答我。她和平時游刃有餘，想法又難以捉摸的模樣明顯大相逕庭。

後藤小姐緩緩吸口氣，又吐了出來。她一副心意已決似的筆直凝視著我，以略顯潮紅的表情說：

「因為我喜歡你。」

我的思緒停擺不動了。

她剛剛……講了什麼？

她是說喜歡我嗎？

開始運作的思維，一鼓作氣地陷入混亂。

不不不，妳在數個月前才剛把我甩掉耶。說是有男朋友對吧？難道是分手了嗎？

不不不不。

假設當真如此，馬上移情別戀到我身上，這讓我無法苟同。

盤旋不止的思緒在我腦內引發了阻塞。

到最後，從我口中輸出的，就只有……

「咦？」

這句話而已。

第5話 表白

「妳在開玩笑對吧？」

我以好似從喉嚨擠出來的聲音如此問道。

後藤小姐靜靜地搖頭否定。

「是真的。」

「不，因為——」

我搶著說。

「妳說自己有個從五年前就交往至今的男朋友啊！」

「那個呀。」

後藤小姐帶著苦笑，左右搖搖頭說：

「是騙你的。」

「……咦？」

我渾身乏力，整個背部靠到椅子上。

「怎麼回事啊……」

這是個理所當然的疑問。

明明對方也喜歡我，卻拒絕了我的表白？

為什麼？

我真的不懂。

後藤小姐露出一個難以言喻的表情，一副我的問題也是天經地義般的模樣，不住連連頷首，接著把話說下去。

「對不起喔，我的『直覺』還挺敏銳的。」

「直覺？」

「對。」

就在後藤小姐首肯的同時，店員來把肉擱在桌上。我都忘記是何時點的了。這麼說來，店裡比我們兩個踏進來的時候還要喧鬧，應該是人愈來愈多了吧。店員來來去去的腳步，看似也比先前來得匆忙許多。

一度把注意力從後藤小姐身上抽離，讓我感到思緒稍微冷靜了下來。

她若無其事地把裝著肉的盤子推到我這兒來，是要我烤的意思吧。

我默默地接過盤子，拿肉片夾陸陸續續把肉擺在炭烤爐上。

「你邀我到家裡時我非常開心，甚至都想當場跳起來了。可是——」

後藤小姐眺望著發出滋滋聲的肉，輕聲說道：

「我覺得『不是時候』。」

「不是時候……」

「沒錯。我心想，縱使現在我點頭答應和你交往，也肯定不會順利發展的。」

我的視線轉向她，問道：

「那就是妳所謂的『直覺』嗎？」

「就是如此。所以我才會隨口扯謊。」

「謊稱自己有男朋友這樣。」

「對。」

我嘆了一口氣，放下夾子。

也就是說？

後藤小姐喜歡我，也很高興我開口邀約，但因為那個我搞不太懂的「不是時候」，因此才會隨便編了個謊言拒絕。是這樣子嗎？

我抓了抓頭。

我整個有聽沒有懂。

呃……我們彼此中意對吧？那交往下去就好啦。

又不是要舉行婚禮，我不明白為什麼要介意「日子」。

「呃……換言之，妳的意思是若非『良辰吉日』就不行嗎？」

我忍不住開口詢問，於是後藤小姐噗哧一聲笑了出來。

「啊哈哈，不對不對！又不是在買彩券！」

「那不然是什麼意思啊……我整個人丈二金剛摸不著頭腦。」

我喃喃說著，然後把肉翻面。

後藤小姐嘻嘻笑著。現在可不是笑的時候，我很認真耶。

她向我表達好感，對我而言照理說應該是個令人開心無比的發展才對，奇妙的突兀及不悅，卻和異常快速的心跳同時並存著。

「我呀，是個慎重的女人。」

語畢，後藤小姐直盯著炭烤爐看。

「我這個人是好吃的肉要細火慢烤的類型。」

「可是烤太熟就不好吃了喔。」

「但若是因為肉很美味便在軟嫩的時候吞下肚，有可能會吃壞肚子吧。」

「多烤幾次就會培養出分辨的眼光了。」

聽聞我的話語，後藤小姐肩頭一顫，輕輕地笑了。

「我的交往經驗看起來那麼豐富嗎？」

「對啊……妳整個人散發出如此性感的魅力。」

我錯愕地說道，後藤小姐便用手抵住自己的嘴巴。

「有嗎？」

「有喔，魅力四射呢。」

我的回答讓後藤小姐咯咯發笑。

「可以吃嘍。」

「啊，真的嗎？我要吃了。」

後藤小姐欣喜地拿著筷子夾起牛心。

她動嘴咀嚼著肉，露出幸福的微笑。

「嗯——真好吃。」

「這樣啊……」

我從她身上別開目光的同時掛著苦笑。看，就說妳整個人吸引力十足吧。我要揍人了喔。感覺愈來愈火大了。

「總結來說，也就是妳覺得即使現在和我交往，也不會長久是嗎？」

「嗯……應該就是這樣子吧。」

「那什麼時候才行呢？」

我粗枝大葉地問道。我很清楚，如果不明確地把想法化為言語詢問這個人，話題永遠不會有所進展。

面對我的提問，後藤小姐歪過頭了去。

「嗯……我也說不上來是何時耶。」

「唉……」

我忍不住嘆氣。

我喜歡她。無庸置疑地把這個人視為傾心的異性對象。

然而，從剛才持續到現在的這場對話，令我不悅到極點。明明就讓我小鹿亂撞得要死要活，卻毫無任何收穫。

坦白講，我只覺得自己被她玩弄了。

要是沒那個意思，直接告訴我就好啦。

「我無法相信。」

「咦？」

聽我一說，後藤小姐抬起視線，目不轉睛看著我。

「我是指妳喜歡我這件事。我不認為是真的。」

「沒有那回事，我一直都很愛慕你。」

「其實妳只是在耍著公司後進玩吧。」

我這句話，第一次讓她的神色黯淡了下來。

後藤小姐放下筷子，一臉正經八百地望著我。

「那不然要怎樣你才願意採信呢？」

我的心跳漏了一拍。

這張表情，以及這番話語。

先前她對我所說的話，總是一副四兩撥千金的態度。如今這副截然不同的模樣，令我感到困惑。

但是，我可不能在這兒退縮。

我在心臟狂跳不止的同時保持最大限度的冷靜。

然後打出了王牌。

「妳有辦法和我上床嗎？」

我望著後藤小姐的雙眼，斬釘截鐵地說道。

她的眉毛霎時間抽動了一下，隨即把目光撇開。

我看得出來，她的雙頰在慢慢漲紅。

感覺這段沉默特別地久。

我抓起啤酒杯喝著，藉以排解沉默的尷尬。

「我……」

後藤小姐開口了。

她想講些什麼，卻又停了下來。而後，她再次小小聲地說：

「我是處女……你可以接受嗎？」

「噗！」

我把啤酒給噴了出來。

「處女」這個詞，栩栩如生地在我腦中迴響著。

與此同時，我體認到自己的發言有多麼愚昧。這個問題實在太過直接，欠缺禮節。

「我剛才那句話，請妳當作沒說過。」

聞言，後藤小姐露出愕然的表情。

「你果然討厭處女……？」

「哎呀！不是那樣！」

我不禁大聲喊道。被她誤會，我會很傷腦筋。

「我只是覺得自己問了一件極其失禮的事情，想拜託妳讓我取消掉罷了。」

「喔……不過，你討厭處女嗎？」

這個人硬是要打破砂鍋問到底耶。這點有如此重要嗎？

「不不不，歸根究柢，妳那麼……我無法相信妳居然會那樣子。」

「那樣子是什麼意思呀？」

「呃……那個……就是處女……」

在女性面前提到「處女」這個詞，讓我亂害臊一把的。

而且，就像我所說的一樣。聽到如此魅力十足的女性到了二十八歲連一次經驗都沒有過，我實在不太能理解。

「有什麼關係……只是沒機會而已呀。」

後藤小姐嘟起嘴唇，撇過頭去。

從她的舉止看來，感覺這番話屬實。而且本人似乎相當介意。

「不，真的很不好意思。剛剛那句話不算數。」

「一度講出來的話語，沒辦法取消啦。」

她說得沒錯。

我只能低頭致歉了。

我緩緩抬起低垂的頭望向後藤小姐，發現雙頰緋紅的她，視線落在桌子上。

「妳……妳生氣了？」

「沒有，只是……」

後藤小姐一副忸忸怩怩的模樣扭動著身軀，並瞄向我這裡。

「我真的喜歡你。」

「咦……啊……是的……」

「所以，如果你想做的話，那個……」

「哎呀！不是！我講真的！」

我察覺到她這段話的後續，於是出言打斷。

「剛剛的話不算啦！」

「可是，你想做對吧？」

「這個……」

超想的啊。

我吞下自己的心聲。

「我等妳。」

我在心中嚎啕大哭，同時如是說。

混帳東西，此時只要強硬一點就能達陣了吧。可以把後藤小姐那對我夢寐以求的奶子給……這樣……你這笨蛋！

我在腦中狠狠痛罵著自己，並輕輕吐了口氣。

這樣就好。

只是，我可不要再被後藤小姐耍得團團轉了。我的心臟撐不住。

為了整理內心鬱鬱寡歡的心情，以及釐清和後藤小姐之間的關係，我開口說：

「只不過，今後我不會再對妳做任何表白了。」

「咦？」

我的話語令後藤小姐瞪圓了眼睛。我逕自繼續說了下去。

「妳喜歡我，對吧？」

「嗯……」

「但妳覺得不是時候。」

「嗯。」

「那麼，請妳等時候到了再來對我表明心意。」

我話一說完，她便倒抽了一口氣。看來我這番話超乎她的預料。

心情稍微好點了。我趁勢接著說：

「不管什麼事，妳都太過度想逼人家主動開口了。我可不會再吃妳那套。」

「不，我沒有那個意思……」

「若是如此，那就更惡質了！」

後藤小姐鼓起了臉頰。

「你……你用不著生氣吧。我才要問你，你真的喜歡我嗎？」

「對啊！所以才一肚子火！」

像是莫名嬌媚，或是動不動就對我投以挑釁視線，還有把選擇權丟給我，卻只準備了一個選項之類。

總而言之，我很不喜歡她這種「挑撥著我的某種特質」，同時卻也覺得極具魅力。

「一天到晚被妳弄得小鹿亂撞，我已經受夠了。」

我清楚明白地表示。

「倘若妳真心喜歡我，那妳就必須更加讓我耍著玩，這樣才公平。」

說到這裡，我粗魯地抓起啤酒杯，大口灌酒。

啤酒稍微從我的嘴角流了下來。

我「咚」一聲放下杯子。

「啊……」

嘆息流洩而出。

「我說出口啦……」

我忍不住把心底話全盤托出了。我總算講出來了。對這個人的好感等一切事物，全都集結起來造成了我的壓力。好感的另一面，是緊緊糾纏的反感意識。她各種不討喜的部分，和她吸引人的程度同樣折磨著我。

這份一體兩面的要素甜蜜地束縛著我，令我一個勁兒的緊張著。藉由對當事人說清楚講明白，壓在我胸口的重量明顯地變輕了。

後藤小姐愣了愣住，隨後嘻嘻笑道：

「你一直想說這些話嗎？」

「是的，非常想。」

「憋了五年？」

「對。」

聽了我的答覆，這次她放聲笑了出來。

「吉田，你當真很迷戀我呢。」

「所以我就說啦……」

我可是妳這五年來所烤的肉片耶。

這比喻實在讓我覺得討厭，因此並未說出口。

「我知道了。那麼，下次由我來表白。」

「就拜託妳這麼做了。」

「雖然不曉得會是什麼時候……你願意等我嗎？」

聽她這麼一問，我忍住差點立刻應允的衝動。不可以被對方的步調牽著走。儘管已經明白了她的好感，但若不和這個人「作戰」，我絕對贏不了。

「哎呀，我也不敢肯定呢。搞不好會有更棒的對象出現。」

語畢，後藤小姐嘟起了嘴來。

「你對我的心意就只有這點程度？」

「不不不，不對啦。」

我喝了一口啤酒。

「我的意思是，肉烤太久或許會焦掉。」

結果我還是提起了這個裝模作樣的譬喻。

後藤小姐呵呵笑了兩聲，頷首回應。

「我會注意不要烤過頭的。」

如是說的她，也大口灌了啤酒。

片刻間，我們彼此為了排解尷尬，默默地享用著小碟子裡的肉，還喝了幾口啤酒。

「我回答了喔。」

後藤小姐緩緩說道。

這句話包含了「接下來輪到你了」的弦外之音。

她明確地回覆了我的提問。既然如此，我覺得自己也得誠摯地回答她的問題才行。

「換句話說，妳所在意的點——」

首先，我想確認前提。

「是我有沒有女人對吧？」

整理她迄今為止的發言，簡單說就是這麼回事。

我開門見山地詢問，於是後藤小姐一瞬間露出退縮的神情僵住了。不過她隨即點了點頭，並放下手中的筷子。

「……除此之外，從未拒絕過出差的人，會有突然推辭的理由嗎？」

「呃，我覺得還有其他的可能啦……」

我無法明確地予以否定。假如我站在相反的立場，和後藤小姐納悶同樣的事情，或許我也會有相同想法。

我並不是在後悔之前認真工作一事，只是沒料到會以這種形式適得其反。

不過，我能夠自信滿滿地回覆自己是否有女人這個問題。我直盯後藤小姐的雙眼，開口說道：

「我才沒有女人啦。自從進公司之後，除了妳之外的人我都不看在眼裡。」

聽我把話講得這麼白，後藤小姐瞬間像是失去說話能力似的半張著嘴，猛然驚覺後才把視線從我身上挪開。

「這……這樣……」

後藤小姐的目光在桌面上游移不定，同時點頭如搗蒜。

「嗯……嗯，感覺這並非謊言。因為你撒謊的時候，眼神會游移得很厲害。」

「有如世界游泳錦標賽一樣嗎？」

「你說什麼？」

「不，沒事。」

我回憶起麻美的話語並試著低聲說出，但我沒有講第二次的勇氣。這先不提，看來我真的很不會說謊。我都不知道，居然連後藤小姐也是如此認為。

「那不然是為什麼？」

無論我怎麼扯開話題，後藤小姐就是不肯罷休。

「為何你要推託呢？」

我慢慢地吞下了唾沫。我已經決定不扯謊了。如此一來，只有在傳達事實的同時，慎選不會引發風波的詞彙了。我做好了心理準備。

「我沒有在跟女人交往，不過家裡現在有另一個同居人。而且還是年紀小我不少的未成年人士。」

聽聞我的話語，後藤小姐皺起了眉頭。

「什麼意思？這是怎麼一回事？」

「就如同字面上的意思，我和未成年的孩子住在一起。因此我不想長期離家。」

「不，這我知道了。我不是指那個。」

後藤小姐的視線困惑地徬徨不定，而後歪頭感到不解。

「那個……未成年的孩子，和你是什麼關係？」

「她是住在我老家附近的舊識。」

我說出這番話時有細心謹慎地留意，避免讓自己的眼神出現任何飄移。後藤小姐亦目不轉睛地看著我的雙眼，聽著這段話。

「……這樣。所以說，那個舊識為什麼會到你家去？」

「她似乎是離家出走了。又沒有其他人可以投靠。」

這不是騙人的。

「幾時開始的？」

「幾個月前。」

我回答之後，後藤小姐便反覆頷首，一副莫名了然於心的樣子。

「原來如此，難怪你會急著想趕回家……對了，我確認一下。」

我的耳朵敏感地聽出，後藤小姐話語中的溫度驟然下降了。

「那個孩子是男生還女生？」

我早就料到她會詢問了。根據我對這個問題的答案不同，「住在一起」這句話的意思將會大幅改變。只是我心知肚明，當後藤小姐拋出此一疑問的時間點，她就已經領悟到許多狀況了。

「我不說出來妳就不曉得嗎？」

面對我的說詞，後藤小姐別開了眼神，困窘地舔舐著下唇。

「吉田……我想你應該明白……這和犯罪只有毫釐之差喔。竟然讓蹺家的女孩住在男人家裡。」

「我明白。」

「我特別問你一下，你和那孩子沒有發生什麼奇怪的狀況吧？」

後藤小姐的口氣很嚴厲。平時總掛著柔和笑容的她，如今一臉正經地對我投以筆直的視線。

「絕對沒有那種事。我不會對自己不迷戀的女人下手。」

我清楚明瞭地答覆，後藤小姐凝視了我的眼睛好幾秒，而後閉上雙眼，誇張地嘆了一口氣。

「……這樣。那就好。」

後藤小姐喝了口啤酒，像是在深思什麼似的緊盯著玻璃杯不放。接著她一度閉上雙目並深深吐氣之後，才再次開口。

「……吉田。」

「什麼事？」

後藤小姐把視線挪回我身上。

「我果然還是無法釋懷。」

「咦？」

「你說過喜歡我，對吧？」

「對，而且我是認真的。」

「嗯，我明白。可是……」

後藤小姐皺起眉頭，暫且把目光挪開。隔了一拍之後，她又望向我。她的臉龐，顯而易見地透露出不滿的神色。

「你口口聲聲這麼說，卻每天都和其他女人同住一個屋簷下，這讓我很不滿。」

「不，說是女人，她也只是個小鬼啊。我們並不會發生什麼事。」

「不是那樣，事情非你所想的呀，吉田。」

後藤小姐拋出話語辯駁。

「我知道你對女性會採取極為紳士的應對，從你的態度也非常清楚，那名和你同居的女孩並非你的戀愛對象。」

「那是什麼讓妳如此——」

「人的價值觀天天都會變喔。」

後藤小姐打斷了我的話。

「也許你今天是這麼覺得，可是明天呢？後天呢？在我獨自回家的期間，你會和那孩子見面對吧？也不知道你何時會對她抱持不同心意，不是嗎？」

「不，所以我就說，高中女生根本不在我的戀愛對象範圍內啦。」

「目前是如此。再說，就算才高中，也有很多早熟的孩子。很難說你哪天會注意到她的魅力吧？」

「後藤小姐。」

「況且，縱使你對她沒意思，但對方又如何呢？假如那孩子迷上你，忽然把你推倒的話，你有辦法嚴正拒絕嗎？誰知道會不會順勢發生什麼樣的……」

「後藤小姐！」

聽我氣急敗壞地說道，後藤小姐抖著雙肩，不再說話。

我緩緩開口勸戒她。

「事情真的不會變成那樣。」

「……真的？你敢發誓嗎？」

「我敢。不然要不要來打勾勾？」

我說著說著豎起右手小指，後藤小姐盯著指頭看了好一會兒後，忽然笑了出來。

「討厭，你突然把我當成小孩子看待。」

「我才沒有啦……」

「嗯……我有點太不理性了，對不起。」

後藤小姐微微低頭，接著把小碟子裡剩下的一塊肉送入口中。反覆咀嚼數次後，她從鼻子呼了一口氣。

「真好吃。」

「那真是太好了。」

後藤小姐像是個鬧彆扭的孩子般低垂著視線，在這幾分鐘之間不斷默默大快朵頤著肉。這段期間，我也不發一語地小口小口喝著啤酒。我瞄了一眼手錶，只見時間已經超過晚間八點了。不曉得這時候沙優是否吃過晚飯了呢？

「……吉田。」

聽到後藤小姐叫我，我便把視線移回她身上，結果發現眼前的她毫無自信，是平時的模樣所無法想像的。

「……你不會被年輕女孩搶走對吧？」

後藤小姐略微揚起眼神，如此問道。

我感覺到自己全身起了雞皮疙瘩。

「後藤小姐……」

我迄今未曾見過她這張表情。光想到正是自己引出她這副模樣，便覺得這股不曉得該算是純粹的喜悅抑或是優越感的情緒，令我的身子震顫不已。

簡而言之，就是我感到亢奮。

我從後藤小姐身上別開目光，繼續講了下去。

「五年喔，我可是愛了妳整整五年喔。這樣的女性對我示好的狀態下，我不可能變心去找其他女人。」

說完，後藤小姐的臉頰稍微染上一抹紅暈，並撇開了視線。

一股無可言喻的沉默流經我倆之間。不久，後藤小姐刻意地輕咳了兩聲。

我重新看向她，只見一如往常漾著柔和笑容且自信滿滿的後藤小姐就在那裡。

「既然你都講到這種地步了……」

後藤小姐微微偏過頭，拉起一邊的嘴角。

「讓我見見她吧。」

這句話令我的思緒停擺了。

讓誰見她？

讓後藤小姐。

見誰？

見沙優。

在哪裡見面？

「呃……妳的意思是……」

面對冷汗直流的我，後藤小姐乘勝追擊似的放話道：

「我是說，我想到你家去。」

「不不不不。」

「反正你沒做什麼虧心事吧？」

「是沒有啦，可是那樣實在不太妙。」

「為什麼？」

後藤小姐這個單純的問題，使我語塞了下來。

「妳問……為什麼……」

「比起和女高中生一同生活，邀請我到家裡去很困難？」

「……」

我完全找不到說詞回她了。

見到我的模樣，後藤小姐滿意地點了點頭。

「那就這麼決定嘍。」

我並未回應她。

實質上，這和應允帶有相同的意義。

第6話 孤獨

『抱歉，後藤小姐約我去吃晚飯。今天我會在外頭吃過才回去。』

注意到吉田先生捎來訊息的時間點，正好是我煮好滿滿一鍋馬鈴薯燉肉的時候。儘管心情有點複雜，但他光是像這樣聯繫我就很感激了。而且，我原本就沒有限制他行動的權利。

『收到！吃得開心點喔～』

話雖如此，當事人應該會十分介意，因此我寫了一個從字面上散發出「我完全不在意喔！」這種氛圍的回應。

我把手機收在休閒服的口袋後，打開了鍋蓋。裊裊升起的蒸騰熱氣，伴隨著彷彿要通過鼻腔直接入侵腹部般的柔和鹽味，輕飄飄地籠罩了這個空間。

「感覺不錯。」

自言自語的我，拿調理筷夾起了一塊馬鈴薯放進嘴裡。當我口吐熱氣並咀嚼著的時候，麵味露的味道及加了一點的柴魚高湯香氣竄過了鼻腔。

「煮得亂好吃一把的……」

我點點頭關掉爐火，直接坐在廚房兼走廊的地方。

充滿整座走廊的菜餚香氣使我肚子咕嚕一叫，但我總提不起勁立刻吃飯。

「竟然沒吃到剛煮好的美味馬鈴薯燉肉，吉田先生真可憐～」

我低聲呢喃後，自個兒嘻嘻發笑，而後隨即自然而然地唉聲嘆氣。

此刻，吉田先生正在和傾心的後藤小姐共進晚餐。他們也許挑了一間時髦的店，又或是類似先前的烤肉店那樣。

仔細想想，我全然不曉得吉田先生在外頭過著什麼樣的生活。舉凡他在公司會擺出何種面貌，構築起什麼樣的人際關係，以及會做些什麼來娛樂。

他對我之外的人會露出的表情，我所知不多。

吉田先生望著我的目光，完全就是在看小孩子。很令人不甘心，不過他徹頭徹尾沒有把我當成「女人」看待。我並不是說這樣不好。這點是我們能夠順利共同生活的關鍵之處，也是他方正品行表露無遺的地方。可是，就一個青春期少女來說，對方一丁點都沒有對自己展露出異性層面的興趣，也讓人心情很複雜。

倘若我是後藤小姐的話……

我茫茫然地思索著這種事情。

假如我的身材跟後藤小姐有得比，吉田先生會對我下手嗎？據他所說，後藤小姐的胸部比我還要大。我年紀雖輕，卻也算豐滿了。如果這個大小仍不太能刺激他的性慾，那我真的很在意後藤小姐擁有什麼怪物般的乳房。

吉田先生會對後藤小姐露出怎樣的表情呢？即使試著去猜想，我也想不太到。

只是，當我意圖想像吉田先生凝望後藤小姐的神情時，僅僅如此我就感覺到，一股鬱悶難當的心情稍稍在胸口擴散了開來。我認為那絕非愛戀之情一類。可是，想到吉田先生說不定有對別人展現出自己未曾見過的面貌，就讓我不悅。

「真搞不懂耶……」

輕聲低語的我，把後腦杓靠在走廊牆壁上。

自從來到這兒之後，覺得自己產生了諸多變化。就連我自個兒也無法判斷，那究竟是好是壞。

只不過，我覺得自己的內心遠比先前受到了更多救贖。唯有這點不會錯。

賜予我這些的並非他人，正是吉田先生。

他不僅提供我一切所需，還堅定地要我「隨心所欲過活」。因此我也覺得，自己不能妨礙他自由生活。我得盡量不造成他的負擔，多多幫他的忙，如此生活一段期間。

我一打開電子鍋，剛煮好的白飯那道軟嫩的香氣，就乘著熱氣飄了上來。

我把白飯添到我所使用的——在我出現之前，是給客人用的——飯碗裡，再把馬鈴薯燉肉盛裝在底部略微凹陷的菜盤裡。

其實我原本在考慮多做一道以蔬菜為主的菜色，可是一知道吉田先生不回來，便驟然失去了動力。如果是獨自用餐，那麼只有一道配菜也無妨。

「我要開動了。」

我雙手合十之後拿起筷子，把馬鈴薯燉肉送入口中。我自己也覺得實在很美味。儘管我的嘴角自然地上揚了起來，又立刻撇了下去。

『真好吃耶。』

我自己都認為煮得很滿意時，吉田先生一定會這麼講。每當他吃著我做的餐點，必定會說出感想。雖然不像料理漫畫那樣細細誇獎調味或食材，但簡單的心得就讓我很開心了。

我把馬鈴薯燉肉放進嘴裡，稍加咀嚼。

之後再吃了一口白飯。

我默默地進行這些動作時，赫然發現馬鈴薯燉肉的味道好像愈來愈淡了。

「總覺得——」

我獨自低語著。

「好無趣呀——」

我對這份空虛的情感有印象。那是我仍待在北海道時的——

『沙優，妳做的煎蛋捲總是很好吃呢。』

以前的朋友所說的話，在我腦中重現。

一回想起這件事，頓時覺得背上寒毛直豎，冷汗一鼓作氣地冒了出來。

在動腦思考之前，我便衝進了廁所。

「……嘔——」

然後把剛吃下肚的馬鈴薯燉肉和白米飯吐回馬桶去。

感覺喉嚨像是燒灼般發燙，肚子反倒是冰冷無比。我顫抖的身子停不下來。

即使如此，不久後呼吸便逐漸穩定了下來，也不再噁心想吐，於是我扭動把手，沖掉馬桶裡的穢物。

我緩緩站起身後，發現腳尖似乎稍微麻掉了，因此我搞不太清楚腳底是否有好好踩在地上。

到頭來——

縱使來到這樣的地方，依然未能完全逃離過去。

每當我憶起曾經最喜歡的那個人時，便會遭受一股強烈無比的嘔吐感侵襲。

為何我會突然回想起她呢？自從來到這個家之後，我一次也未曾記起她過。

接著我立刻尋獲了答案。

是因為今天吉田先生不在家的關係。再加上，我也漸漸習慣了現在的生活，不再為眼前的事情心力交瘁。

倘若吉田先生一如往常地回家，鐵定不會發生這種事情。

一思及此，嘆息就流洩而出。

「我真的一點也沒變……」

我總是口口聲聲說事情全都是自己的錯，卻在心底不斷把責任推給別人。

當我徹底失去食慾，啜飲著冰箱裡的寶特瓶裝麥茶時，擱在起居室桌上的手機震動了起來。登錄在我通訊軟體上的聯絡人只有吉田先生一個。換言之，手機會因來電以外的狀況震動，表示吉田先生捎來了聯繫。

我瞄向牆上的掛鐘，發現距離我注意到吉田先生「要在外頭吃晚飯」這個訊息時，才過了一個多鐘頭。

感覺這個時間要回來稍嫌早了一點。畢竟共進晚餐的對象是傾心的女子，我認為一般來說會盡量吃慢一點。

我看向畫面，上頭顯示著來自吉田先生的訊息。

『抱歉，事情超級突然——』

光靠推播通知無法閱讀全文，於是我便滑動畫面，進入通訊軟體裡。

一開啟和吉田先生的聊天畫面，我立即瞠目結舌。

『抱歉，事情超級突然，我今天要帶後藤小姐回去。』

……回去？

到這個家裡？

我的胸口一陣刺痛。

一個成年男性帶心儀女子到家裡。也就是說，很輕易可以想像到並非單單只是帶回家而已。

儘管心情苦悶不已，我依然無意違逆吉田先生的決定。

『這樣呀！那我今天找個地方外宿比較好嗎？』

我迅速輸入訊息，然後把手機放在桌子上。

接著我也趴到了桌上。

吉田先生之後將要在這個家和後藤小姐——

險些稍稍去想像起詳細畫面的我，隨即用自己的額頭去撞桌子。

「笨蛋，那是人家的自由呀。」

為什麼我會這麼鬱鬱寡歡呢？

吉田先生長年以來的戀情說不定會修成正果，我應該予以祝福才對，不是嗎？

可是……

之後我的腦中馬上被「不安」給填滿了。

假如吉田先生和後藤小姐成了一對情侶，無論怎麼想，我這個人都很礙事。就現實層面考量，要向女朋友徹底隱瞞我的存在近乎不可能，而且他也就無法輕易地找對方到家裡來了。

如此一來……

我……

「是不是……又要被拋棄了呢……」

一說出口，我便覺得胸口像是被緊緊揪住似的。

然而，吉田先生不時展露的靦腆笑容，和這份惆悵同時浮現在我腦中。

假使我不在之後吉田先生還笑得出來，或許這樣也好。

我內心如是想。

桌上的手機再次搖動了起來，於是我從桌上抬起身子，望向畫面。

『不對，不是那樣……』

看到訊息內容，我的思緒停擺了。

『是後藤小姐說她想見妳。』

「呃？」

我自然而然地發出怪異的聲音。

為什麼後藤小姐會知曉我的存在？不，這件事只會得到「是吉田先生告訴她的」這個結論。就算如此，吉田先生是怎麼跟她解釋的？另外，為何她會開口說想見我呢？

問號一口氣填滿了我的腦袋。

疑問在我腦中盤旋不止，使我不斷反覆地把手肘撐在起居室的桌上，或是重新交疊起雙腳，毛毛躁躁地動著。

最後——

『如果吉田先生說好，那就無妨。』

感覺花了我十多分鐘，才做出這樣的回覆。

第7話 見面

「真的很窄喔。」

「我都說不介意了嘛。」

「不，我家真的比妳想像中還要狹窄。」

「好了、好了。」

吃完飯後，我們搭電車來到離我家最近的車站。

走出剪票口時，我感到緊張之情忽然升高了，胃部一帶有種冰冷的感覺。另外，我自己也察覺得到心跳變快了。

「啊，好棒，有電影院！」

「嗯……好一陣子前就有了。」

「你常去嗎？」

「不，很少。」

「嗯哼……就算近在咫尺也不會去呀。」

「後藤小姐，妳喜歡看電影嗎？」

「不，沒有。」

「啊，這樣嗎……」

不然現在這一連串的對話經過是怎樣？看後藤小姐對電影院展現出過度反應，我還以為她像三島一樣愛看電影呢。

後藤小姐在環顧著車站周遭的同時跟著我走，接著隨即將目光停留在稍遠之處的便利商店上。

「啊，話說回來，待在你家的孩子，今天晚餐怎麼解決？是不是餓著肚子呢？」

「喔，沒有……」

我搖頭否定，彎曲左手擺出貓掌的形狀，右手做出握著菜刀的模樣。

「那丫頭會做菜，我想她今天八成也有隨便煮點什麼。」

說完，後藤小姐露出別有深意的表情點點頭，再側眼望向我。

「……你是在炫耀太太？」

「不……不是啦！」

「啊哈哈，我開玩笑的。」

後藤小姐逗趣地笑著，腳步朝超商邁進。

「妳要買什麼東西嗎？」

「得買點伴手禮過去才行呀。」

「不，這個不需要吧……」

「這並非由你來決定的喔。」

後藤小姐抖著雙肩嘻嘻笑著時，走進了超商去。完全無法想像沙優從她手中收下伴手禮而感到開心的樣子。反倒是面露傷腦筋的笑容，不時覷向我的模樣還比較容易想像得到。

我晚了一步進入超商，只見後藤小姐在甜點專區前眺望著商品架。她並未看向我這邊，直接開口問道：

「那孩子喜歡吃甜食嗎？」

「……不曉得，應該不討厭吧。」

我回想起曾和沙優一塊兒上家庭餐廳吃過百匯的事。從她當時的反應來看，儘管不清楚是否很喜歡，但至少不會討厭吧。

「那我買奶油類的東西過去，她會開心嗎？」

「這個……」

「還是冰淇淋比較好？」

「誰知道呢。」

後藤小姐倏地瞟向我這邊。突然和她四目相望，讓我有些心跳加速。

「你不太了解那孩子呢。」

後藤小姐嫣然一笑，一副若無其事地說道：

「那我就選閃電泡芙、冰淇淋、零食之類的！買一堆不一樣的東西好了～哪種猜中了，就算我贏。」

「妳用不著買那麼多啦……」

「不不不，我可是要上門叨擾，必須帶點她會高興的禮物過去才行呀。」

後藤小姐愉快地說著，陸陸續續把甜點和點心放進手上的提籃裡。

看來她打從一開始就沒有要聽我的意見。不，抑或是……

她之前的話語在我心中浮現。

『你不太了解那孩子呢。』

或許是她判斷我的意見全然當不了參考也說不定。

仔細想想，感覺沙優中意或厭惡什麼東西，這些細瑣的資訊，我所知甚少。

「吉田，你不買點什麼嗎？」

被後藤小姐出聲一喊，我才驚覺過來。一回過神，發現她就站在身旁。提籃裡放了

許多商品。

「啊……嗯……我也買杯咖啡吧。」

我頷首應允藉以蒙混自己剛剛在想事情，而後邁步前往飲料專區。我隨便拿了一瓶添加牛奶和砂糖的咖啡飲料，結果卻被後藤小姐從旁一把搶了過去。

「咦，幹嘛？」

「我買給你。」

「呃，不用啦。這樣──」

後藤小姐打斷我，把臉逼近而來。面對物理性距離感的急驟變化，我無言以對。

「我要上門打擾，這是謝禮。懂了嗎？」

「啊，好的……」

我不住點頭如搗蒜，於是後藤小姐笑著走到了櫃檯去。

望著她的背影，我自然而然地嘆著氣。

這個人當真完全不會考慮到我的步調。

結束購物行程後，我們緩緩走在回家的路上。

一個人的時候我會快步行走，可是後藤小姐穿著高跟鞋。不配合她的步伐，一定會害她走得很累。

和別人一同走在平時獨自行動的路上，以及後藤小姐的高跟鞋在夜晚大聲地喀喀作響，都讓我覺得心情格外新鮮。

「噯，她叫什麼？」

後藤小姐突如其來地開口說道。

「咦？」

「那孩子的名字叫什麼來著？」

「喔……」

是指沙優吧。

我猶豫著是否該擅自說出她的名字，但反正就算我不在這兒講，她也會在之後詢問本人吧。

「她叫沙優。」

「沙優，這名字真好聽呢。」

頷首回應的後藤小姐，嘴角綻放著笑容。之後，她雲淡風輕地繼續問我：

「那她的姓氏是？」

「這個我不曉得耶……她拿學生證給我看的時候好像有瞄到，但我並不怎麼放在心上。」

我一回答完，後藤小姐便忽然笑了出來。

我疑惑地望向她，只見後藤小姐面露調侃般的表情看著我。

「她明明是你以前就有來往的鄰居，你居然不知道人家的姓氏。世事真奇妙呢。」

面對如是說的後藤小姐，我的嘴巴開開合合，無法做出任何回應。

我完全著了她的道。

在烤肉店聊著那一連串對話時，我僅有針對我和沙優之間的關係撒謊騙了她。但我有細心留意不讓自己眼神飄移，她也並未特別深究，我便擅自認定事情已蒙混過去了。

然而，會像這樣子設下圈套，表示她不折不扣地在懷疑我吧。

我側眼看向後藤小姐，她仍然露出有些開心的模樣，踩響著高跟鞋走路。

自己先開口提問，她卻無意追究我並未確實掌握沙優的姓氏一事。後藤小姐總是漾著從容不迫的微笑，讓人不知道她心底在想什麼。這份神祕感正是她的魅力，不過如今此種模樣映在我眼中，卻顯得極度駭人。

後來，後藤小姐也不怎麼提到沙優的事情。我們倆聊著無關痛癢的話題，走著走著轉眼間就到家了。

「…………還是請妳稍等一下可以嗎？」

「嗯？為什麼？」

在抵達家門口並轉開門鎖時，我突然畏縮了起來。

「沒有啦，我想說她可能並未打掃家裡。」

「咦？家事不是由沙優一手包辦嗎？」

「不……嗯，是這樣沒錯，可是搞不好還有地方沒掃到。」

「吉田，你真是不見棺材不掉淚。」

後藤小姐嫣然一笑，將手擱在門把上。我連忙按住門扉，後藤小姐卻換上了更加刻意的笑顏。當真是笑容滿面。而後，她雙手抓住門把，使勁扳開了門。做到這種地步實在出乎我的意料，我單手按著門的力氣不夠，於是手便從門上離開了。玄關以驚人的氣勢開啟後，我望向裡頭，發現沙優瞠目結舌地站在走廊上。沙優交互看著我和後藤小姐，之後默默地歪過了頭。

「我……我回來了……」

聽聞我如此說道，沙優終於面露苦笑，吐了口氣。

「歡迎回來……」

我看向身旁，唯有後藤小姐一個人臉上盈滿笑容，看似相當開心。

「晚安，沙優。我是後藤。」

後藤小姐定睛凝視著沙優說道，而後舉起單手提著的塑膠袋。

「總之，妳要不要吃點心？」

沙優曖昧地笑了笑，接著把視線投向我身上。

看，所以我就覺得會變成這樣。

沙優臉上所浮現的神情，和我的想像幾乎分毫不差。

後藤小姐追尋沙優的目光側眼望著我，並眉開眼笑。

「我要在這兒站多久才行呢？」

「啊，不好意思！請進請進……」

我露出和沙優同樣曖昧的表情讓她進入玄關，而後關上了家門。

感覺到冷汗沿著自己的背部流下。

我竭盡全力試著去想像後藤小姐接下來會對沙優說什麼，可是我的腦袋卻全然無法做出合理的推測。

「妳喜歡甜食嗎？」

「啊，喜歡……」

後藤小姐依舊維持著自己的步調開心嘻笑，沙優則是畏縮又慌張地低聲回應。我從後方比對著兩人，自然而然流洩出嘆息。

＊

「啊哈哈，換言之，就是讓附近撿到的女孩子住在家裡對吧！吉田，你還真是神不知鬼不覺地幹了件大事呢。」

初次見面的後藤小姐，給人的印象就跟吉田先生所言一樣，而且內心想法深藏不露的程度超乎我想像。

我們沒能瞞過後藤小姐。

她自始至終都是笑咪咪地吃著點心，同時拋出問題給我跟吉田先生，但每當我們意圖蒙混什麼事情時，她便會婉轉地點破。

我和吉田先生到半途皆已徹底死心斷念，乖乖回答她的提問了。

「沙優，吉田有沒有對妳做奇怪的事？」

「等等，後藤小姐。」

後藤小姐臉上浮現調皮的笑容，交互望向吉田先生與我。我側目看著露骨地顯現焦慮的吉田先生，忍不住笑了出來。是在著急個什麼勁兒呀？你明明什麼也沒有做。

「完全沒有。簡直到了令人吃驚的地步。」

聽聞我的回答，後藤小姐略微瞇起了眼睛，點點頭。

「令人吃驚……是吧。」

後藤小姐盯著我的雙眼瞧，於是我慌慌張張地別開目光。總覺得不太喜歡她的視線，感覺好像胸口內側被她窺探似的。

「不過，吉田好像對年紀比自己小的沒興趣呢。沙優妳也真是走運。」

「就算有興趣，我也不會下手啦。」

「咦～很難說呢。」

「等一下！我才不是那麼隨便的男人啦！」

「啊哈哈，我開玩笑的。」

後藤小姐在逗吉田先生玩。對此，吉田先生則是有些害臊地回嘴。這段互動相當溫馨，令我徹底明白到，他們兩人在公司裡經過長期往來，培養出友情或是更勝其上的關係。照理說這是件很棒的事，我卻莫名覺得不愉快。

他們是在演哪齣給我看？

我按捺著悶悶不樂的情緒低下頭，於是感覺到坐在正面的後藤小姐把臉部的位置往下挪動。我將視線往那邊移動，結果和覷向我的後藤小姐對上眼了。

「妳怎麼了？」

「啊……不……沒事。」

「妳的表情看起來不像沒事耶。」

後藤小姐終歸是笑咪咪地凝望著我，並偏過了頭去。

哎呀，真希望她不要擺出這張笑容。感覺這微笑將她的本質悉數掩藏了起來。不知葫蘆裡賣什麼藥的驚悚感，不斷奪走我要回的話。

「我真的沒事，可能只是晚餐有點吃太多了。」

我出言粉飾，後藤小姐便頷首回了句「這樣呀」，並未繼續深究。照理說她很清楚我的答案只是暫且應付了事，卻沒有進一步追問。在放下心來的同時，我果然還是覺得挺毛骨悚然的。

「對了，妳晚餐吃了什麼？」

吉田先生對我提問，藉以蒙混過那一瞬間的沉默。我便像是獲得貴人相助似的抬起頭，開口回應。

「我吃馬鈴薯燉肉。煮得挺好吃的。」

「喔喔，這樣嗎？沒能吃到剛煮好的，真可惜耶。」

「對呀。明天早上你要記得吃喔。」

「好。」

我和吉田先生一如往常地對話著，後藤小姐卻噗哧一笑。

她感到十分逗趣似的抖著雙肩笑了一陣，隨後浮現一臉奸笑。

「你們好像新婚夫妻一樣喔。」

「不，真的拜託妳別這樣啦。」

後藤小姐更是捧腹大笑，似乎包含吉田先生的反應在內都讓她覺得很有趣。她被逗笑時的表情，讓我覺得很像小孩子。

「我去一下廁所。」

「好的，你去吧。」

吉田先生站了起來，往廁所門所在的走廊邁步而去。

起居室裡只剩下我和後藤小姐了。

該說什麼才好呢？不，追根究柢，我是否有必要開口說話呢——就在我自顧自地想著並流下冷汗時，後藤小姐由鼻子哼了一口氣，低聲說：

「嗳，沙優。」

「……什麼事？」

我和後藤小姐四目相望了。至今隱瞞著某種事物的笑容已不復見。她僅露出了柔和笑顏，以及筆直到似乎要射穿我雙眼的目光。

「我想和妳單獨聊一下。」

「單獨？」

「對。」

後藤小姐點頭肯定，一副別有深意似的豎起食指給我看。

「如同我有事想問妳，反之妳也一樣吧？所以，妳覺得如何？」

她這張好似看穿了一切的神情讓我焦躁。不過正如她所言，我有一件無論如何都想問她的事。我認為這是後藤小姐不著痕跡地提出的「交換條件」。就像是在說「如果妳願意創造一個讓我們單獨談話的機會，我也會回答妳的問題」一樣。

這個人當真很狡猾。她這麼一講，我不就根本別無選擇了嗎？

「我會試著爭取一點時間。」

聽聞我的答覆，後藤小姐嫣然一笑，並稍稍低下了頭。

「謝謝。」

「不會……」

我由後藤小姐身上別開目光，等待吉田先生從廁所出來。明明不過是短短數分鐘，這段時間卻令人感到極其漫長。

我聽見廁所的流水聲，吉田先生接著從裡頭走了出來。我轉過頭去，對他拋出準備好的說詞。

「吉田先生，抱歉，我忘記先買好明天早餐的食材了。」

我話一說完，吉田先生雖霎時間僵住了一下，但立即歪過頭說道：

「早餐隨便吃吃就行啦。」

「不行啦，早上得好好吃一頓才可以。」

「話是這樣講，可是東西沒買來也沒法子吧。」

「不，所以，那個……」

我對吉田先生帶著歉意，臉上掛著蒙混的笑容。

「你可以現在去幫我買來嗎？已經快過十點了，我這個時間出門會被輔導……」

聞言，吉田先生皺起眉頭，之後輪流看向我和後藤小姐。

「要我去也行啦……但妳們兩個待在這兒不要緊嗎？」

「沒問題的，我們聊得很開心。對吧，沙優？」

「啊，是的……嗯，不要緊。可以拜託你嗎？」

後藤小姐也以自然不做作的口氣笑著對吉田先生說。我頷首附和後，吉田先生便輕輕嘆口氣，點頭答應。

「要買什麼回來呢？」

「我想請你買雞蛋、韭菜還有味噌。」

「我知道了。」

吉田先生再次瞄了一眼後藤小姐，隨後從自己擱在走廊旁邊的公事包拿出皮夾和香菸，才走向玄關。

「我會抽根菸再回來，可能會稍微花點時間。」

「好。你慢走。」

吉田先生從玄關離去後，大門便關上了。

緊接著是短暫的寂靜。

「好啦。」

後藤小姐開口了。我抬起視線，就被她那筆直凝視著我的目光給射穿了。

「那麼，首先由我發問可以嗎？」

「……好的。」

我首肯應允，後藤小姐便浮現出和方才略有差異，帶了些許陰鬱的笑容，開口說道：

「妳說自己是高中生，這話當真？」

「是真的。」

「妳打哪兒來的？」

這個問題令我一瞬間語塞。我思索著是否應該說實話，可是就算對後藤小姐扯謊，也確切無疑會被看穿。

狀況並非該不該說，而是非說不可。

我吞下唾沫，開口說道：

「我從……北海道來的。」

「妳大概是什麼時候離家的？」

「半年多之前。」

聽見我的答案，後藤小姐的表情也沒有特別變化。她只是平淡地接連對我提問。

「妳為什麼要離家出走？」

這個問題差點讓旭川所發生的許多事情竄過我的腦海，於是我搖頭說道：

「……我不想回答。」

「……這樣，我知道了。」

聽聞我的回覆，後藤小姐也靜靜地頷首。

「我不會問妳是基於何種內情離開住處，又是因為何種緣由才來到這兒的。」

後藤小姐的嗓音很溫柔。我知道她從我的答案裡，體察到了我的心境。我心想：幸好沒有說謊。儘管猜不到這個人心底的想法很可怕，不過我可以極其清楚地感受到，她

是對我抱持著最大限度的敬意在交談。我可不能對表達出敬意的人違背道義。

「可是呀——」

我感覺到，後藤小姐的語調稍稍壓低了。

「只有一件事情，我得弄清楚才行。」

語畢，後藤小姐直盯著我的雙眼不放，而我也看向她的眼睛。那對眼眸好像要把人給吸進去似的。我覺得自己的心跳逐漸加快。

「我身為吉田的『朋友』，又是妳非親非故的『外人』，所以才能這麼問。」

講完這樣的開場白，後藤小姐淺淺一笑。

下一刻，微笑從她臉上倏地消失了。她的視線好似要射穿我雙目似的，帶著冰冷的溫度朝向我。

「妳打算在這裡待到幾時？」

後藤小姐偏過頭如此說道。

我的心臟痛得像是要裂開來了。

來到這裡之後，我也思考過無數次。

這個並未做出答案而保留至今的曖昧疑問，如今她再度把它攤在我眼前。

第8話 現實

我開口想講點什麼，卻很清楚答案並不在我心中。

「我……」

僅僅如此，張開的嘴巴就閉上了。可能是一分鐘或更久。搞不好我和後藤小姐默不作聲過了五分鐘左右。

「妳沒有答案，對吧。」

後藤小姐打破了沉默，如此溫柔地微笑道。她的口氣並沒有責怪之意，感覺像是在進行確認。

後藤小姐一度低下頭，讓目光在桌面上游移，好似在慎選著詞彙一般。

「……國高中生很特別呢。」

如是說的後藤小姐，在我看來眼中浮現出了些許哀愁之情。

「無論多麼努力或佯裝成熟，都沒辦法卸除高中生這個身分。儘管令人不甘心，卻無法變成其他任何人。」

後藤小姐並未看向我的眼睛，輕快地繼續說了下去。

「高中生便是如此強力的『身分』。」

接著，後藤小姐抬起頭望著我。

「即使換個地方或不再穿上制服，妳也不能成為高中生以外的人。」

這番話銳利且準確地貫穿了我內心的天真。

我依稀感覺到，縱使拋下自身所處的環境跑到外頭去，不管上哪兒我都會被當作「女高中生」看待。至今遇見的男人，都因為我是個外表長得頗可愛的「女高中生」，才和我上床。而「蹺家女高中生」，對他們而言是不宜久留的人物。正因如此，我才會輾轉換地方借住。相反的，吉田先生因我是個「女高中生」，所以用對待小朋友的目光看我。

「哪怕吉田允許，社會也不容許呀。」

聽見後藤小姐這句話，我的胸口一陣刺痛，卻也同時覺得盤踞在我心中那股令人鬱悶的突兀感被消弭掉了。

吉田先生完全沒有要求我做其他男人所期盼的那些事，就只是收留我在家裡。只要處理最低限度的家務，其餘時間我做什麼他也不曾說三道四。我認為，對此種生活感到最為放心，同時疑問最深的人就是我自己了。

我從周遭所有惹人厭的事物中逃了出來。

那麼，我可以獲得如此心靈祥和的環境嗎？這種事情是被允許的嗎？

後藤小姐已替我說出了答案。

這並未受到容許。

「……謝謝妳。」

甫一回神，我便說出了這句話。

後藤小姐的雙肩驚訝得跳了一下，而後凝視著我。

「我……八成……一直指望有人這麼對我說。」

話語從我的心中一點一滴傾吐而出。

「儘管抱著想要逃避一切、想輕鬆一點的念頭……但或許我希望有人告訴我『不要逃避』也說不定。」

後藤小姐不發一語地聽著我說。

「吉田先生清楚明白地表示我依賴別人的部分『很奇怪』。自從我離開家裡到這兒為止，我輾轉住在形形色色的男人家中。那個……利用……我的身體。」

此話一出，後藤小姐霎時間杏眼圓睜，隨後咬緊下唇，低垂著頭。

「妳居然……」

「我確實是有些地方不太對勁。只為了留宿數日就輕易地獻身出去，而且還因為受到男人渴求，感受到些許快感。不過……」

我在此暫時停頓了下來。

吉田先生的臉龐浮現在我腦中。

唯有那個人，不准我做出馬虎的選擇。

「吉田先生一次也沒有對我下手。不僅如此……他還講說要『矯正我的個性』。」

「噗！」

原本正經聽著我說的後藤小姐，此時忽然噗哧一笑。

「對不起，我知道妳在談正經事，可是……呵呵。」

後藤小姐不斷連連點頭，逗趣地笑到雙肩發顫。

「我可以極其詳盡地想像到說出這番話的吉田。真的是……很有他的風格。」

說著說著，後藤小姐以柔和的神情看向我。

「找到一個能夠安頓下來的地方，真是太好了呢。」

「……是的。」

眼眶一濕的我強忍著淚水，不讓它撲簌簌地流下來。

「吉田應該已經接受了妳，而妳也信任他。看你們倆迄今的對話，就能輕易理解到這點了。」

後藤小姐以食指敲打著桌面，並繼續說了下去。

「所以，妳可以跟吉田撒嬌無妨。沒有說不能夠向包容自己的人撒嬌。」

後藤小姐說著說著站起身，從我的對面改坐到身邊。接著她將自己的手疊在我的手上，用力一握。她的手冰冰涼涼的。

「但是呀，不管吉田再怎麼容忍妳，那也只限於社會允許妳這個人消失的期間。妳懂我的意思吧？」

「懂。」

「因此，一點一點慢慢來也行，妳該去思考……今後要怎麼做。」

後藤小姐的眼眸，從我側面窺探著我的眼瞳。她的眼神相當認真，就像是在詢問某些要緊事似的。我毫無根據地隱約覺得，這會不會就是後藤小姐的本質呢？

「……我有過一段無論如何都想逃離的過往和環境。啊……與其說『有過』，如今也還在持續著。」

「嗯。」

「光是回想起來就令人作嘔，我壓根兒沒有回去的意思。」

「這樣呀。」

「可是……我也很清楚不能一直這樣下去。沒有辦法讓吉田先生養我一輩子。所以——」

我徐徐吐著氣，出言一個個進行確認。

「我會好好面對往事。」

亦即我怎麼也不願回憶的過去。

摯友的笑容在我腦中浮現又消失。那件我想忘掉，卻又遺忘不得的事情。

「做好……心理準備。」

我想起鐵定沒在等我回去的母親。

還有想必非常擔心我的哥哥。

「我一定會離開這兒，回到原本的所在之處。不僅是為了自己……也是為了……吉田先生。」

說到這裡，我回望著後藤小姐的雙眼，只見她緩緩露出微笑，並把手放在我的肩膀上頭。

「……說得好。」

後藤小姐低聲說道，而後摟住了我的肩膀。

「只要有這個心，就沒問題了。」

後藤小姐在我耳邊如是說。

「高中是個特別的期間。必須當個高中生的日子會令人感到極度漫長，不過——」

我感覺她的聲調變得好似在緬懷某些事物，又像是在跟除了我之外的其他人述說一般。

「能夠當高中生的時光，在人生之中極其短暫喔。」

講到這裡，後藤小姐把擱在我肩膀的手挪到我頭上，而後溫柔地撫摸著。

「因此，妳要正視自己應當面對的狀況，該撒嬌的時候就去做……盡情當一個高中生。就算不上學，妳也是個不折不扣的高中生呀。」

後藤小姐這段話讓我銘感五內，一留神我就發現自己的視野又搖曳了起來。這次我忍不住了。淚水由眼角滑落而下。

我的內心充滿矛盾。

一心想逃離一切，卻又覺得不能逃；希望不要有人搭理我，卻期盼受到他人渴求；對高中生身分感到不自由的同時，卻又被「自己是否不再是高中生了呢」這份不安所束縛著。

儘管互相抵觸，這些全都是我最坦率的心情。

後藤小姐把淚如雨下的我摟進胸口，不斷撫著我的頭。

「妳現在所感覺到的一切，全部都是屬於妳的東西。能夠處理、有權利處置的人，只有妳自己。無論辛酸或幸福，都是妳一個人的財產。」

後藤小姐這番語調輕柔的話，彷彿直接在我腦中響起似的。身體緊貼著也有影響，而她肯定十分清楚我所希冀的話語。當下她所說的一字一句，都毫無阻力地逐漸滲透至我心中。

「因此……當妳逃夠了之後……就悉數承受吧。這是妳在自己的人生中所擁有的義務及權利。」

「……嗚……好的……」

我抽抽噎噎地點頭如搗蒜，於是後藤小姐再次緊抱著我。回過神來，我已經在放聲哭泣了。

後藤小姐的胸口，非常地溫暖。

＊

「然後呢？妳不是有什麼事要問嗎？」

頻頻啜泣了好一陣子，直到我終於恢復冷靜的時候，後藤小姐又重新掛回那個調侃著別人的微笑，對我發問。

對了。

我有件無論如何都想問的事情。

「……後藤小姐，妳……」

我吸了吸鼻涕後，正面凝視著她的雙眼。當中蘊含了「別想逃」的意思在內。

「妳喜歡吉田先生嗎？」

我開口問道，後藤小姐先是瞪大眼睛，而後笑了出來。

「什麼呀，搞得這麼鄭重。原來是要問這種事？」

「這很重要。」

「對誰而言？」

後藤小姐以問題回答我的問題。而且她所拋出的這個提問，正確無比地刺中了我的胸口。然而，我絕對不會退縮。

「對我和吉田先生都是。」

我毫無半分虛假地答覆她。

當我直視著她的雙眼回應後，後藤小姐像是看到了什麼有趣的東西似的笑了一陣，之後回望著我的眼睛，但完全沒有開口。

「怎……怎麼樣呢……」

一肚子火的我再次提問，後藤小姐卻只是嫣然一笑並歪過頭去。

心有不甘的我，脫口講出了多餘的話。

「吉田先生他…………非常喜歡妳喔……」

可是妳卻總擺出那種難以捉摸的態度。

我的話裡包含了這層意思。

然而，後藤小姐由鼻子哼了口氣之後，反問我：

「……妳很不甘心嗎？」

「我不是在講這個！」

「啊哈哈，妳別生氣啦。妳真的很可愛耶。」

後藤小姐感覺十分逗趣地笑了一會兒，才像是死了心似的頷首回應。

「喜歡呀。除了他之外的人，我都不放在眼裡。」

「……真的嗎？」

「我為何非得說謊不可？」

「……因為，很難搞清楚什麼才是妳的真心話…………」

聽聞我含混不清的回答，後藤小姐臉上堆起笑容，點了點頭。

「請說我是個神祕的女人。」

「我真的很討厭妳這種地方。」

「啊哈哈，被妳說出來了。」

後藤小姐像個孩子般開懷大笑，隨後輕輕吐了口氣。

「我是真的喜歡他。從吉田進公司那時起，我就一直在注意他。他的確是驚人地耿直又頑固，同時卻又能靈活地對應別人的生存方式。那種就真正意義上來說很『溫柔』的人，實在難以遇見。」

如此娓娓道來的後藤小姐，臉上的表情就像是回憶起真心憐愛的事物一般。原來她也能露出這種表情呀。

「太好了……」

甫一回神，我就這麼喃喃說道了。

後藤小姐側眼看向我，歪頭感到不解。

「什麼事情太好了？」

面對她的問題，我毫無窒礙地答道：

「如果吉田先生的戀情會修成正果，我會覺得非常開心。」

說完，後藤小姐一瞬間露出我迄今未曾見過的神情，隨後蒙混帶過似的笑了。

她那副模樣，是在想著什麼呢？

不曉得是悲傷、恐懼抑或憤怒，感覺相當複雜。彷彿帶有熱度，又好像沒有。

「是呀。若能夠這麼平安無事地結為連理就好了。」

「真的。我也希望事情會這樣發展。」

我點頭同意後，後藤小姐又面露敷衍般的笑容，窺探著我的眼睛偏過了頭。

「沙優……妳願意支持我嗎？」

當我打算回應的時候，腦中浮現出某個情景。

吉田先生和後藤小姐在接吻。

然後，笑得很靦腆的吉田先生，再次緊緊抱住後藤小姐。

「……當……當然，我會的！」

聽聞我如此回覆，後藤小姐淺淺一笑，說了句：「謝謝。」

不知為何，我覺得胸口疼痛難當。

不過，為了避免被察覺到這份痛楚，話語接二連三地從我的嘴巴說出。

「若是有什麼我幫得上忙的地方，請妳告訴我！雖然不曉得我能做些什麼……但只要能力所及，我都會協助！然後……」

後藤小姐露出不曉得是否在笑的表情，看著喋喋不休的我。

接著手機響起，打斷了我的話語。

我望向發亮的畫面，知道了是店長打來的電話。

「啊，對不起。我打工的店長來電……真是，怎麼會挑這種時候打來。」

「沒關係，妳去接吧。」

我向後藤小姐低頭致意，拿著手機慌忙離開玄關。打工地點的電話實在是不好在她面前接聽。

唯有今天，我心裡頭想對店長抱怨個兩句。

＊

沙優走出玄關後，感覺自己肩膀上的力道一口氣放鬆了下來。

「唉……」

嘆息自然而然地流洩而出。

我八成是在緊張吧。

對別人說出肺腑之言，真是令人緊張。

吉田說讓一個讀高中的女生住在家裡，原本還想說對方有多麼厚臉皮，結果來到這

兒一看才發現和我的預料截然不同，她是個既謙虛又有禮的女孩子。

而她的神情以及埋藏在眼眸深處的「昏暗事物」，我在高中時期的「鏡子」裡瞧過許多次了。

「我還真是大嬸味十足呢……」

那很明顯是在對她說教。

突然有個陌生女子來教訓自己，心情會是如何呢？儘管最後感覺沙優有把我的話聽進去了，但她起初很顯然地抱有戒心，想必覺得很不是滋味吧。

由於我的個性扭曲，無法像吉田一樣藉由率直的行動引導別人。然而，將一切化為言語卻又顯得膚淺──在竭力對沙優述說著的同時，我一直客觀地審視著自己。

原來要傳達一件事是如此困難嗎？我老大不小了才發現到此事。

在公司裡頭，根本沒有需要我吐露真心話的對象。感覺許久沒有這麼拚命地進行一場交談了。

「我居然告訴她……要正視自己應當面對的狀況，該撒嬌的時候就去做……」

回想起自己對沙優說過的話，不禁流露出自嘲的笑容。

我的個性真的很差勁。

竟然要求人家嘗試，自己還在就讀高中時完全辦不到的事。

她這個人很純真，對我的認知想必是「這個人真的很溫柔善良」吧。然而，壓根兒沒這回事。

我只是透過她見到了往昔的自己，如此罷了。

感覺藉由沙優重整往後的人生，會稍稍清算一下我的過去。

吉田肯定也是如此。

雖然沙優講得吉田的溫柔好像毫無條件，不過在他心中某處，鐵定也在向沙優要求些什麼。

「大人真的是很任性妄為呢……」

我喃喃說道，並再度吁了口氣。

因此，妳也要活得自由、活得我行我素。

從不自由之中，學習自由的真諦。

我想，自己其實一定是想對那孩子說這些話吧。

真正想說的事情，不知何故卻不成言語。

但如果是吉田的話……

我抱持一個接近堅信的念頭，認為吉田應該可以將她引導至良好的方向。

而在沙優心中逐漸孕育而成的那股對吉田的心意，會以何種形式表現出來呢？

我決定直到親眼見證為止，都不再奢望吉田了。
我認為「不是時候」的「直覺」，果然沒有錯。
得不到認真想要的東西，這種滋味，不想再嘗到第二次了。
「吉田好慢喔——」
我心神恍惚地想著，好想看看他的臉。

第9話 巧遇

「啊……」

「啥……？」

在走向車站前二十四小時營業的超市途中，我和一個意想不到的人物不期而遇了。

我們彼此都像是蠢蛋似的張大嘴巴靜止了數秒鐘，接著同時指著對方。

「吉田前輩。」

「妳怎麼會在這兒？」

站在夜路上的人，是身穿套裝的三島。

「啊……我剛剛在看電影。」

「下班之後直接看電影喔？妳體力真好耶。」

維持套裝打扮，意思就是她並沒有回家一趟。

我錯愕地說道，於是三島便頷首面露含糊的笑容。

「我有一部無論如何都想看的片。」

「是什麼來著？」

「啊……一部叫《繡球花之歌》的電影。」

「喔，就是在站前不惜重本貼了海報的那部啊。」

每天早上去到車站的路上，我都會看到一幅特大海報。記得主演的女星是橋本所喜歡的演員。針對這部片，那傢伙好像也有講過什麼「最好一定要去看看」之類的話，不過由於我只是敷衍地左耳進右耳出，因此不記得詳情。

「好看嗎？」

「嗯，這個嘛……我都哭了。」

以三島而言，這話還真是講得吞吞吐吐──我帶著這樣的想法望向三島的雙眼，於是看到她眼睛底下紅紅的。看來當真是一部賺人熱淚的電影。

「不過啊──」

我的注意力從電影的話題回到她身在此處一事。

「妳怎麼會在這裡？車站位在反方向吧。」

為了看電影而來到這一站可以理解，可是三島人在這條遠離車站的路上，讓我覺得突兀。就算走到這一帶來，也沒有什麼店家是她會特別繞去逛逛的。這裡只是單純的住宅區。

面對我的提問，三島以食指搔抓著臉頰，答道：

「我只是想散個步而已啦。然後想到，這裡就是你居住的城鎮呢。」

「這是怎樣？」

「那你又在做什麼呢？」

「啊？喔……」

後藤小姐到家裡來的事，我不可能說出口。

我是來採買早餐的食材，可是沙優拜託我跑腿時的神色，實在令我耿耿於懷。我有稍微感覺到，她簡直就是抱著想把我趕出去這類的企圖。然而，難以想像沙優會積極地想和後藤小姐獨處，也有可能是我多心了。

「我要去買早餐用的材料啦。」

「咦，你會做早餐呀？好像有點讓人意外。」

「不是我啦，是沙優。」

我如此回答後，三島的身體便顫抖了一下。接著她以略顯驚訝的表情看向我。

「咦，沙優今天在家嗎？」

「啊？這當然啦。那丫頭又沒有其他地方可以住。」

「……說得也是喔。」

三島曖昧不清地附和，感覺別有深意。

「我也可以跟你去嗎？」

「這是無妨啦，可是跟來買東西很好玩嗎？」

「我很在意你都吃些什麼。」

「這是怎樣？」

三島掛著鬆懈的笑容，一副天經地義般的跟上我的腳步。

當我在超市購買韭菜、雞蛋和味噌的期間，三島依然出言對我進行各種調侃。

「是要做韭菜炒蛋嗎？」

「啊～好像是這樣呢。」

「她常常做這道菜給你吃嗎？」

「不，我想並沒有那麼頻繁。」

「一大早就吃韭菜，感覺嘴巴會有點味道耶。」

「再怎麼說我起碼會刷完牙才出門啦。」

我一說完，三島便咯咯發笑，而後指著我手上的購物籃裡頭。

「是說，那樣夠嗎？」

「什麼夠不夠？」

「像是雞蛋之類，那一組裡面只有四顆吧？」

「是那樣沒錯……可是這有在打折，而且兩人份沒必要買那麼多吧。」

我說著說著，想到家裡啤酒的庫存耗盡，於是把手伸向酒類專區擺放的罐裝啤酒，結果卻被三島一把拿走了。

「……幹嘛啦？」

「我有件事想問你。」

「啊？」

啤酒忽然被搶走，我帶著抗議的眼神瞪著三島，反倒被她正經無比的表情給嚇了一跳，氣勢遭到削弱不少。

三島直勾勾地看著我的雙眼說：

「假如我請你今天讓我住你家，你會答應嗎？」

我頓時瞠目結舌，她這番話實在太過沒頭沒腦，令我不自覺由鼻子呼了口氣。

「不，妳在說什麼啊？」

「就是字面上的意思呀。」

「為何我非得讓一個不是女朋友的人留宿啊？」

「沙優並不是你的女朋友吧？」

「所以說，我只是收容她而已啊。」

「那後藤小姐呢？」

我啞口無言。

三島略微蹙起眉頭，再次開口：

「後藤小姐又如何呢？」

「……呃，妳為什麼會在這邊搬出後藤小姐來啊？」

我如此回應後，三島便不曉得是憤怒或悲傷地皺起臉龐，而後咄咄逼人地說道：

「你為何要這樣敷衍我？」

「我敷衍什麼了啊？」

「後藤小姐現在就在你家對吧！」

三島語氣強硬地如此說道，於是我忍不住眨了眨眼。

「妳……妳怎麼會知道啊……」

對此，三島再度語塞了一陣，低頭望向地板。

「今天我很難得自主加班，想說明天要來給你稱讚。」

她並未和我視線相對，逕自娓娓道來。

「當我好好寫了一個程式才下班之後，在車站前的烤肉店看見你和後藤小姐走了出來，讓我很在意。然後，我想說看看你們倆在哪一站下車，結果卻是在離你家最近的車站呀。」

話說到這兒，三島瞄了我一眼。

「那個……做出這種跟蹤般的行徑，真對不起。這點我向你道歉。」

「呃，不會……」

我只講得出此種含糊不清的話語。我心中的焦慮勝過了憤怒。

「當下我就順勢在這一站下車，追著你們的背影後，發現你們兩個人明顯是往住宅區的方向走。一想到『喔，你們是要到家裡去』之後……我就覺得……心中有股莫可奈何的情緒……雖然我到戲院去看了部自己很想看的電影，卻完全看不進腦海裡……」

「等等，喂……」

面對講著講著雙眼開始噙著淚水的三島，我整個人困惑不已。

三島似乎也沒有落淚的意思，只見她用力在眉梢使勁，做出忍住眼淚的動作。她隔了一會兒後，繼續說道：

「我沒辦法直接回家，在外頭晃盪，結果就和你不期而遇了……我想說不著邊際地打探你和後藤小姐的事情。」

「妳啊……」

「可是你意圖隨口敷衍，讓我覺得一肚子火都起來了……」

說到這裡，三島吸了吸鼻涕，把從我手上奪走的罐裝啤酒粗魯地放進購物籃裡。

「趕快買一買出去吧。」

「喔……好……我打從一開始就有此意了啦。」

「那種芝麻小事就別計較了。」

我側眼望向快步走向櫃檯的三島，又追加了幾瓶啤酒後，才追上她的腳步。

*

我們兩個站在超市前的一塊小空間。三島露出一副不太高興的模樣吸著盒裝豆奶，我則是拿著變得比想像中還沉重的塑膠袋。

我們買完東西來到外頭已經過了好幾分鐘，三島依然緘默不語。

我完全搞不清楚事情怎麼會變成這樣，氣氛卻也不容我說出「那我回去嘍」這種話來，導致我也面臨著無所事事地呆立在原地的現況。

「我還以為……」

三島冷不防地喃喃開口。

「今天沙優不在，你才會帶後藤小姐回家呢。」

「不，所以說沙優到底是什麼狀況才會不在我家啊？」

「這我不清楚，總之我就是那麼覺得。」

三島說完，再次喝了口盒裝豆奶。當她把飲料吞下肚後，側目望著我繼續說：

「因為一般來想，家裡有個女高中生的狀態下，會想找意中人回家嗎？」

「嗯，這個……」

「然後，目前沙優和後藤小姐正處於兩人獨處的狀況對吧？」

「是啊。」

「我搞不太懂耶……」

三島低聲呢喃，而後左右搖晃起手上的飲料盒。看來她已經喝光光了。

「我確認一下，你依然喜歡後藤小姐沒錯吧？」

「啊？呃，這……」

由於三島這個提問來得很突然，我便不知所措地吞吞吐吐著。

然而，去敷衍帶過一件對方心知肚明的事情也無濟於事。

「這個……是啊……我哪有辦法如此輕易地放棄。」

我認為這個時間點沒有必要跟三島說，因此並未提起，我不但沒放棄，對方還表示

對我有好感。

「若是如此，那你的所作所為很矛盾喔，吉田前輩。」

「……哪裡矛盾？」

三島這番話令我感到歪頭不解。

見到我的模樣，三島稍稍皺起眉頭，並聳了聳肩。

「我不曉得你的狀況是出於何種緣由，可是找鍾情的女生來家裡時，把寄住的女高中生留在家裡很奇怪。」

「不，這個……」

在我辯解說是因為後藤小姐想見她之前，三島便接著講了下去。

「倘若真要把迷戀的人放在第一優先，便會把其他要素給悉數忽略，這才叫戀愛，不是嗎？心心念念的女生要到家裡來耶。明明有許多好機會，這時有個女高中生在會很礙事吧。」

「話或許是這麼說沒錯，但即使如此，我也不能把她趕出去啊。」

聽聞我所言，三島確切無疑地搖著頭。

「一般來說……會趕走啦。」

她以我從未聽過的冰冷語調，說出這番話。

「來路不明的女高中生和自己迷戀的女性，誰比較重要，根本想都不用想吧？」

「那個……」

我在此一度打斷滔滔不絕的三島。只見她心生不滿似的用力閉上了嘴。

「所以妳到底想說什麼啊？突然講起沙優的壞話來。」

「我並沒有說沙優的壞話喔。她是個好孩子。」

「但妳不是講得好像把她趕走比較好嗎？」

「我也沒有那麼說。」

三島搖頭否定，彷彿要射穿似的看向我的雙眼。

「我想表達的是，到頭來你心目中的優先順序究竟是怎樣。」

「優先順序？」

我感到納悶，於是三島嘆了口氣，而後頷首回應。

「沒錯。現在有你一直愛慕不已的後藤小姐和突然撿到的沙優這兩個人在。而今天的狀態是，對你而言極其重要的後藤小姐要到家裡來，對吧？」

「是啊。」

「假如我是你，想和後藤小姐認真發展一段戀情的話，一定會對她隱瞞沙優的存在到底。我絕對不會坦承自己把她留在家，更別說讓她們倆見面了。我有意和妳交往，可

是有個非親非故的女孩子住在家裡——正常來想很離譜吧。」

「不，就說啊。」

實在無法默不吭聲，我插嘴說道：

「即使如此，也不能拋下沙優吧。照妳那樣講，一旦我跟後藤小姐交往之後，不就得把沙優撵出去了嗎？」

「所以說！」

聽聞我這番話，三島突如其來地怒吼道，感覺焦躁不已似的奮力踏地踩響鞋子。由於我是初次見到她講話如此氣急敗壞，不禁稍微退縮了起來。

三島自己也隨即像是猛然回神般張著嘴，而後低垂著頭。

「不好意思……」

「不會……」

三島的視線落在地面上，接著說了下去。

「所以說……我的意思就是一般而言會那麼做啦。」

「那麼做是說……」

「選擇趕走沙優。如果你真心喜歡後藤小姐，並把和她交往一事當成最優先事項看待的話。」

「……但是——」

「不，我明白。我清楚得很。」

三島把目光移回我身上，露出了笑容。明顯是在強顏歡笑的表情，讓我有點心痛。

「我知道吉田前輩不是個做得出這種事的人。不過……同時我也忍不住心想。」

三島在此稍作停頓，深深吸了口氣之後，才喃喃說道：

「那已經不算是戀愛了吧？」

「咦？」

「我是說，你對後藤小姐的心意。崇拜和愛戀，是不是統統混雜在一起了呢？」

「不，這種事……」

「還是說——」

三島打斷我的話語，側眼望著我。

「你對沙優抱持的情感，已經變成戀愛之類的。」

「唯有這點絕對不可能。」

我和三島的視線交錯。她的眼眸，看似籠罩著某種情緒不穩的波動。

「是這樣嗎？」

我倆的目光對上了幾秒，最後由三島這邊挪開。

「假使當真如此，你也太濫好人了，吉田前輩。」

三島說著說著，搔抓起頭部。

「你要是好人當過頭，會得不到自己衷心期盼的事物喔。」

講完這段話，三島略微不屑地繼續說道：

「……沙優可不會一輩子待在你家呀。」

縱使我有意回些什麼話，剎那間卻想不到。

當我一句話也說不出來而沉默不語時，三島倏地抬起頭，又做出了一個生硬笑容。

「感覺我今天是個亂討人厭一把的女人呢！」

「不，沒這回事。」

「對不起！總覺得再待下去，我又會講些多餘的話，所以我就先回去嘍。」

「喔……喔喔，這樣啊。我送妳到剪票口去。」

「不用了！請你盡快回家去吧。她們倆肯定都在等你呢。」

「是妳把我叫住的，還敢說啊……」

「嘿嘿。」

馬上就開起玩笑來這點，令我不禁覺得自己也還不夠成熟呢。

「那麼，辛苦了！」

「喔……妳也是。」

三島轉過身子，匆匆往車站邁步而去了。

望著三島的背影，回想起她短短幾分鐘前的笑容。那張生硬的假笑，感覺像在試圖遮掩自己的情感。沙優剛到我家時也掛著這個笑容，做得還比三島更好。

三島帶著極其驚人的熱能，意圖傳達我所不明白的事情給我。然而，我八成未能正確理解到吧。

那想必是死心斷念的表情。

我吐了口氣後，也踏上了回家的路。

『那已經不算是戀愛了吧？』

三島這番話在我腦中響起。

這怎麼可能。我仍對後藤小姐抱持著愛慕之意是無庸置疑的事。無論是對其他任何人，我都不會如此心跳加速，也不會因對方反過來對自己擺出煞有介事的態度而生氣。

而且——

『你對沙優抱持的情感，已經變成戀愛之類的。』

這更是絕對不可能。

我只是想從沙優至今碰上的那些沒天理的遭遇之中保護她罷了。我想助她一臂之力，期盼她能走回正常的道路上。

我沒有把沙優當作異性，完全沒有不懷好意的念頭。

只不過，三島的話語讓我注意到一件事。

我一直含糊地盤算著，要把那丫頭藏在家裡，直到她面對自己的過去，以及針對此事整理好心情為止。

然而，這會花上多長時間呢？

一個月後，抑或是半年後。說不定是一年後，她也可能賴著好幾年。

然後……

也搞不好就是明天。

一思及此，很驚人地——

我已經不太能夠想像沒有沙優的生活了。

「……真奇怪耶。」

我把手抵在嘴上。

三島說得沒錯。

讓沙優留在家裡的期間，我恐怕難以和後藤小姐進行男女之間的交往。實際上，當我坦承沙優在家的時候，後藤小姐表示「口口聲聲說喜歡我，可是卻讓其他女性住在家中，這樣子我無法接受」。

就算她在心中已對此事妥協，可是只要有沙優在，我便無法找後藤小姐到家裡來，做些情侶會做的事情吧。

既然如此——

我何年何月才能跟後藤小姐結合呢？

而屆時沙優會在哪兒做什麼呢？

想到這兩件事的時候，我的腦袋變得一片空白，完全浮現不出任何畫面。

「…………傷腦筋耶。」

一回神，我已經在如此喃喃自語了。

我在腦中思緒無法獲得任何進展的狀況下，抵達了自己家。

站在門前，做了個深呼吸。

家裡頭有沙優和後藤小姐在。

我有意無意地覺得，不能帶著愁眉不展的表情進去。

以一隻手拍打臉頰並喊了聲「好」，鼓舞自己。

我把鑰匙插進門把並旋轉它。

明明只是回自個兒家中，心臟卻莫名怦怦跳個不停。

第10話
懲罰

「這是……你玩弄我的懲罰。」

我當時的女朋友以顫抖的手緊握鬆餅刀，眼角噙著淚水如是說。而我則是一副事不關己地聽著。

我並沒有玩弄，而是真心愛她。

最令我震驚的是，這句話居然是從那時交往的七名女友當中，最聰明又懂事的她口中說出。

我一視同仁地愛著這七個女朋友，而所有人也都很高興。一切進行得很順利。

說到我坦承還有六個女友這件事的時候，她的表情真是奇妙到不知該如何形容。感覺像是困惑、懊悔、悲傷、憤怒接連在臉部表面蠢動似的。歷經此種變化後，她說：

「所以……之後你要怎麼做？」

我不明白她這番提問的意圖。

「什麼怎麼做……我打算今後也一直愛著所有人……」

「你在說什麼呀？你是白痴不成！」

當她明確地將怒氣顯露在外的時候，我察覺自己失敗了。現在還不是足以信任她的

階段。

「和七個人同時交往根本瘋了！結婚的問題你想怎麼處理？」

「用不著結婚也行啊。有愛就沒問題了吧。」

「我可是有和你結婚的意思耶！」

語畢，淚眼汪汪的她狠瞪著我，然後拿起擱在桌上的鬆餅刀。

沒錯，這件事我也搞砸了。

我學到了不該在吃鬆餅時討論重要的事情。

之後，她認真揮下刀子的時候，我捏了把冷汗。萬一我並未閃躲而直接刺中的話，她將會被指控犯下傷害罪吧。

我可不希望發生這種事，而且我根本就不想受傷，結果我選擇了當場逃離。

當我在網咖度過了幾個夜晚，戒慎恐懼地回到家裡後，就沒看到她的身影了。這幾天其他女友也不斷聯絡我，但我實在提不起勁去見她們。倘若一個地方出錯，其他部分也會分崩離析。我們之間的關係，便是成立在這種平衡之上。

我認為應該一度重新來過，於是搬家了。

我想說要躲人就要選人多的地方，因此搬到東京的新住處去。由於我有把當時的職場告訴女友，雖然對上司很不好意思，我還是趁勢離職，目前在東京打工度日。

我還留有一大筆工作時的存款，所以即使是打工程度的收入，也還能再撐個好幾年吧。只要在那段期間慢慢求職就行了。

比起那個，更緊迫的問題是寂寞。

在我搬家前，幾乎每天都能和心愛的女性見面。那段生活，擁有彷彿欣賞著萬紫千紅的花卉一般的充實感。然而，現在又是如何呢？

打工下班後獨自回家，明明沒有特別想看的節目，卻因為想聽聽別人的聲音而打開電視，看膩了就獨自睡覺。

毫無滋潤可言。我沒有信心能逐漸習慣這樣的生活。

當我茫茫然地眺望著電視，同時把超市買來的重口味配菜送入口中時，忽然打定了主意。

像這種時候，只要能撿個蹺家少女就好了。

回想起從前正好有七名女友時，收留了一個碰巧蹲坐在附近超商前的女高中生。

她長得很標緻，胸部也很大。

記得我帶那女孩回家之後，她很輕易地就獻出了身體，而且狀況也不錯。她的身體柔嫩，裡面也很緊。

只是，這名女高中生和其他女友不同，完全沒有在渴求著我。儘管裝出有感覺的模

樣，凝視著我的眼瞳卻像是在思索八竿子打不著的事，讓我有點不愉快。

我讓她在家住了幾天，不過女朋友說要到我家來的時候，我把她趕了出去。

一定是因為那陣子不愁沒女人，我才會變得那麼奢侈。

如今身旁沒有女人陪伴，讓我寂寞得不得了。

無論是否渴求著自己，我覺得都無所謂了。這點只要慢慢花時間處理就好。

我好想跟身子柔嫩又香噴噴的女人上床。

我想要從珍愛的對象不在身邊的痛苦中解放。

「好。」

我下定決心後，擱下了筷子。

「來找個蹺家少女吧。」

*

「啥？蹺家少女？」

麻美露骨地皺起眉頭說。

「沒錯，正是如此。妳有在這附近看過嗎？」

「才沒有咧。應該說，你找這種人想幹嘛？」

「呃，就帶回家去。」

「這已經是不折不扣的犯罪了耶……真噁爛。」

麻美搖了搖頭，毫不掩飾嫌惡感。

她是和我在同一家超商打工的女高中生。她有著小麥色肌膚和金髮這副辣妹般的外貌，實際上卻和這個印象相反，守備固若金湯。我試著約她吃過好幾次飯，結果每次都遭到婉拒。

「我會提供住宿給對方耶，妳不覺得我很了不起嗎？」

「哈，你的不良居心一覽無遺啦。」

「畢竟男女同住在一個屋簷下，我認為就算沒有計畫，也是會發生那樣的事情。」

「你真是噁爛斃了耶。」

麻美似乎以為我在開玩笑，對我這番話徹底置若罔聞。然而從麻美的反應看來，她是真的沒有頭緒。她的「眼睛」很容易透露出心裡頭的想法。一旦開口詢問，我大致就能摸清她所知道的事，所以很方便。

「這樣啊……沒有蹺家少女嗎……」

我做出灰心沮喪的反應，麻美便嗤之以鼻。

「你對女孩子就這麼飢渴嗎？」

「我原本有七個女朋友，卻一口氣失去了她們。當然會希望有人陪啦。」

「七個！那不就一天換一個，這爆有趣的呢。」

我是講真的耶。

麻美感覺壓根兒不相信似的咯咯發笑，同時從油炸機裡取出炸雞串。

「那個新來的女生和我同年，但你要是去跟人家搭訕，我可不饒你喔。」

聽見麻美這麼說，我歪頭感到不解。

「新來的女生？」

「咦，怎麼，你沒聽說嗎？」

麻美把炸雞串放進熟食櫃，同時僅將視線投向我身上。

「最近來了一個女生，人家叫沙優妹仔呀，沙優妹仔。」

「喔……這麼說來，名冊上頭好像多了一個這樣的名字。妳們兩個一樣大啊？」

「對對，先跟你說，她超爆可愛的。」

「這樣啊？那還真令人期待耶。」

明明是自己提起的，結果聽我講完，麻美就皺起了眉頭。

「你要是對她下手，我會抓狂喔。」

「妳們感情很好嗎？」

「我們好成一片嘍，畢竟是靈魂伴侶呀。」

不論是跟誰，麻美都能立刻交好。我回想起來，就連我很排斥的時薪人員阿姨，她也馬上跟人家混熟了。

「嗯哼。」

我愛理不理地回應，腦中浮現那個未曾謀面，名叫「沙優」的女孩子。

既然和麻美很好，那表示她同樣是辣妹嗎？又或是懦弱的女生呢？軟弱一點比較理想。也許只要稍稍施壓，就可以手到擒來。

聽麻美談論此事後，我上班時一直在恍惚地妄想著。

當值班時間結束，我換下超商制服，一邊看向牆上所貼的班表。正好就在隔天，我和那個叫「荻原沙優」的女生排在同一班。

從現在開始，我就已經非常期盼看到她的長相了。

第11話 警告

「沙優妹仔，妳的手機亮了起來耶。」

「嗯？」

在起居室桌上攤開教科書的麻美，指著沙優同樣擺在桌子上的手機說。

沙優拿起手機點擊著畫面，表情隨即放緩了下來。

「是後藤小姐。」

「後藤……那誰？」

「呃……算是……朋友吧。」

聽聞沙優如此回應，麻美霎時間停下動作後，誇張地大喊著：「喔——！」

「原來除了我，妳還有死黨呀！」

「嗯，其實我們最近才剛熟稔起來啦。」

「那種事根本無所謂嘛！死黨多也不會困擾呀。」

麻美「嗯嗯嗯」地點點頭，像是再三叮囑似的說了句：「那反倒是好事。」

今天沙優跟麻美的下班時間似乎一樣，我一回到家就看到她們兩個在起居室裡有說有笑。

麻美看樣子是在複習上課的內容，只見她翻開課本的同時靈巧地在跟沙優閒聊；而沙優也不時顧慮著麻美，以不妨礙她用功為前提享受著對話。

暫且中斷和麻美之間的談話，用手機回著訊息的沙優，臉上的神色感覺很和煦，確實是正在和「朋友」交談的女高中生。

追根究柢——

說到為何沙優會和後藤小姐交換聯絡方式，解釋起來得回溯到後藤小姐造訪我家那一天。

當天，我與巧遇的三島道別而回家後，眼前那片光景令我懷疑起自己的雙眼。

「哎呀，你真慢呢。」

「啊，吉田先生，你回來了。」

家裡頭自然有後藤小姐及沙優在等我，但……

「啊～妳不能動，才弄到一半耶。」

「可……可是吉田先生回來了……」

「比起他，現在我們這邊比較重要。」

她們倆在起居室裡親暱地談天說笑。不僅如此，後藤小姐還拿出化妝用品，在沙優的臉龐上妝。

「妳們在做什麼啊……」

「你看了不明白嗎？在化妝呀。」

「為啥……」

「居然這麼問——」

將粉撲按在沙優臉頰上的後藤小姐，只把視線對著我。

「她可是底子這麼好的女孩，學會怎麼化妝會變得更漂亮喔。」

「是這樣嗎……」

既然底子好，那用不著化妝也行吧——之所以會忍不住這麼想，是因為我是男人的關係嗎？

這個莫名其妙的狀況固然嚇到了我，更令我吃驚的是，後藤小姐與沙優正一團和氣地在對話。

我還在房裡時，後藤小姐姑且不論，沙優仍一副打量著對方的模樣，看似對後藤小姐抱有相當的戒心。

然而如今此種情形已不復見，她們反倒是融洽到會讓人誤以為原本就很要好。

「買回來的東西我先放去冰箱喔。」

「啊，嗯。謝謝。」

我高舉著塑膠袋如是說，沙優便把目光投向我身上答道。

我將雞蛋、韭菜、味噌以及自己要喝的罐裝啤酒收進冰箱，同時低聲嘆了口氣。

回想起來，今天還真是各種亂七八糟。

光是後藤小姐要來家裡就夠讓我勞心傷神了，居然連三島都出現，還對我拋出答案不明的問題。

就結果而言，要說一切都圓滿收場也行，不過當我回到家稍喘口氣時，疲憊便一鼓作氣地湧了上來。

「吉田。」

「什麼事？」

我回頭望向叫我的後藤小姐，只見她並未停下替沙優化妝的手，戲謔地從鼻子吐著氣說：

「你還真是抽了不少菸呢。」

這句話使我心跳漏了一拍，幸好後藤小姐沒有看向我這裡。

「抱歉，我回來晚了……因為剛好遇上朋友。」

「哎呀，原來是這樣。」

我瞞著對方是三島的事，回以一個四平八穩的答案，卻發現後藤小姐似乎也挺集中在化妝上，並沒有繼續深入追究。

「好，大概就這樣吧。」

後藤小姐心滿意足地頷首後，把化妝用具擱在桌上，摸索著自己的包包。

「來，妳也自個兒瞧瞧。」

後藤小姐由包包裡拿出一面小鏡子，遞給沙優。

我可以看到，沙優如臨大敵似的窺探著鏡子，而後表情倏地開朗起來的模樣。

「哇……」

「印象改變了不少吧。」

「感覺好像不是自己一樣……！」

「呵呵，看妳感動到這種地步，那我的努力也有價值了呢。」

沙優凝視了鏡子好一會兒後，像是回想起來一般望著我。

「吉田先生，如何？」

「喔……喔？」

之前我只看到她的側臉，但正面瞧向她的臉龐，便發現的確不同以往。

平時她略顯呆滯的神情，現在看來既開朗又亮眼。明明本人並沒有改變表情，不知為何看起來卻是如此。而且她的肌膚似乎也比平常來得細緻，顯得有些嬌豔。

面對沙優這般戲劇性變化，稍感困惑的我連忙別開眼神。

「嗯……這樣還行吧。」

我做出一個稱不上是否算得上答案的回應後，後藤小姐不禁噗哧一笑。

「你就不能再誇獎得高竿一點嗎？」

「因……因為我不習慣做這種事……」

我的回應逗得後藤小姐嘻嘻發笑，沙優則是不太服氣地搖晃著身軀。

「對於女孩子的改變，不懂得稱讚的男人，聽說不受異性青睞喔。」

「不受青睞也無所謂啦。」

我略帶惱色回望而去，沙優和後藤小姐便使了個眼色，再次嘻笑起來。說真的，她們到底是什麼時候變得那麼要好啊？

「好啦，時間也差不多了，我就回去吧。」

後藤小姐確認著時鐘如是說，於是我再次把家裡鑰匙和錢包收進口袋後站了起來。

「我送妳到車站去。」

「哎呀，可以嗎？謝謝你。」

「啊，我也要去！」

我搖搖頭，制止差點要站起身的沙優。

「時候不早了，我一個人送她就行了。」

「可……可是……」

「沙優。」

面對不肯放棄的沙優，後藤小姐投以溫柔的微笑。

「妳想找我聊聊的時候，隨時都可以傳訊息來喔。今天就先在此道別吧。」

「……我知道了。」

聽聞後藤小姐溫和的勸戒，沙優一副心不甘情不願地頷首同意了。是說，她們倆還交換了聯絡方式啊？我可是花了半年多，才和後藤小姐交換私人手機耶。我帶著複雜的心情，邁步走向玄關。

我先穿上涼鞋來到玄關，打開大門等著她。我茫茫然地眺望後藤小姐以不疾不徐的動作把腳放進鞋跟略高的高跟鞋裡，心想「要是我們結婚的話，我就能看到這副模樣無數次了耶」，而後逕自搖了搖頭。我抬起頭，硬是把目光從她身上挪開，結果和在起居室裡看著我們的沙優四目相對了。

望向此處的沙優一副雙眼並未對焦的樣子，而她和我對上眼的剎那，猛然回神似的抖著肩膀。接著，她忽然換上像是事先準備好的笑容，朝著我這裡揮手。對此，不知該如何回應才好的我歪過了頭去。

「好啦，打擾了。」

穿好鞋子的後藤小姐站起身，轉頭往家中的方向望去。

「那麼，下次見嘍，沙優。」

「啊，好的！再見……」

語畢，後藤小姐離開了玄關。

「下次見嘍」這句話，令我有點突兀感。

這表示，她還有再和沙優見面的意思嗎？

我心中懷抱著些許疙瘩，同時關上玄關的門扉，轉動鑰匙上了鎖。

*

「她是個好孩子呢。」

「什麼？」

走在通往車站的路上，後藤小姐冷不防地低聲說道。

「我是指沙優。她真的很棒呢。」

「喔……嗯，是啊。」

「所以你才無法拋下她？」

「不……誰曉得呢。」

對於後藤小姐的提問，我回了一句含混不清的話語。

因為沙優是個「好孩子」，我才無法拋下她嗎？被她這麼一問，我覺得並非如此。

然而，實際上我是帶著什麼樣的心情收留她在家，這點連我自己也仍然搞不清楚。

「呵呵。」

後藤小姐在我身旁哼笑著。

「這樣子有什麼關係呢？」

「什麼？」

「不，沒事。」

後藤小姐稍微開心地笑了一陣，而後戳戳我的肩膀。

「今後你也不許對她下手喔。我跟沙優之間已經搭起了一條熱線呢。」

「我才不會咧……」

見我皺起臉龐，後藤小姐再度抖著肩膀嘻嘻發笑。

「另外——」

後藤小姐繼續述說下去的嗓音，和數秒前有所不同。

「你要好好地看顧那孩子喔。」

我隱約認為這多半是她的真心話。她側目望向我的眼神，也和開玩笑時不一樣。儘管嘴巴掛著微笑，雙眼卻是認真無比。

「當然……我正有此意。」

我把視線低垂至地面，如此答道。

「帶著不上不下的心態，沒有辦法收留一個女高中生在家裡。」

「也是，你就是這樣的人。正是因為如此，我才會這麼說。」

我側眼看向接著說了下去的後藤小姐，發現她的目光對著步行的方向。然而，與其說看著前方，更像是望著某個遠處——在我看來，她的眼中亮著此種淡淡的光芒。

「情緒不穩定，對自己一無所知的女孩子——」

後藤小姐喃喃說著，並再一次望向我。

「忽然間會有何種情感躁動而出都不奇怪。」

我的目光無法離開後藤小姐的眼眸。我不清楚箇中理由，只是感覺她的眼中蘊藏著某種強大的力量。

我未能回話，只是看向後藤小姐的雙眼，而後她突然綻放笑容，重新看向前方。

「嗯，如果是你的話，無論發生什麼事都不要緊呢。」

「這什麼意思啊？」

「你不曉得嗎？公司高層的人管你叫作『處理工』喔。」

「咦……？」

「他們說只要交給你處理，問題大多能迎刃而解喔。」

「這是怎樣啊……我還想說最近總是分派棘手的案件來，原來是這麼回事喔……」

後藤小姐逗趣地笑了笑，之後拍拍我的肩膀。

「不論是工作上或沙優的事，我都會支持你的。」

「……唉，這份心意我會老老實實地收下啦。」

我在話中包藏了「我可不希望繼續收到麻煩的工作」這樣的弦外之音，於是後藤小姐再次放聲大笑起來。

＊

發生了這樣的事情後，我與後藤小姐共享關於沙優這個人的祕密，而沙優和後藤小姐則成了「朋友」。

只是，她們倆仍然不肯把那天聊了什麼告訴我。究竟是什麼狀況，才讓她們的交情忽然之間變得這麼好呢？

不過，無論是誰都有祕密，我也決定不再深入思索下去了。

再說，臉上掛著淡淡微笑，盯著手機輸入訊息的沙優，這副模樣就我來看也覺得很欣慰。

麻美說得沒錯。

朋友雖然不是愈多愈好，可是多一點也不會感到困擾。尤其沙優在來到這邊之後，直到開始打工前，一直處於只跟我有所交集的狀態。現在有麻美和後藤小姐可以找，能夠說話的對象增加，無庸置疑地是件好事。

我在思考著這些事時忽地抬起頭，於是和麻美的視線碰個正著。我的心跳稍稍漏了一拍。這是因為，她的目光好似在冷冰冰地觀察著我一樣。

即使四目相對，麻美也並未別開眼神，而是目不轉睛地凝視著我。這樣一來，我先撇開感覺會很不甘心，於是我也緊盯著她瞧，並蹙起眉頭。

「……幹嘛啦？」

「沒事，我只是看看而已。」

「啊，是喔……」

一直彼此盯著看實在讓人害臊，無可奈何之下只好由我讓步了。

當我拿著香菸和打火機準備去陽台時，沙優的手機驟然響起。

「唔哇，嚇我一跳。」

「有電話？」

「嗯，好像是店長……」

「那傢伙晚上也打太多通來了吧。」

麻美哼了一聲，聳了聳肩。

「抱歉，我去接一下。」

「慢走嘿～」

沙優小跑步奔去，離開了玄關。

區區電話在家裡接聽也無妨，不過那丫頭就是有這種莫名守規矩的地方。

看到玄關大門關上後，我也把手伸向通往陽台的門扉，準備去抽菸。

「吉田仔呀。」

麻美冷不防地開口說道。

「喔？」

「你當真對沙優妹仔沒有任何想法嗎？」

我皺起眉頭，感到不解。

「想法是指什麼啊？」

「呃，這個……」

「沒有耶。」

麻美欲言又止了一陣，之後才壓低音量說：

「就是那個呀……用色色的眼光看待她之類的。」

「居然秒答喔？你想想，她有對挺大的海咪咪嘛。」

「妳是在哪裡學到這種詞彙的啊？」

我隱約察覺到對話還會繼續下去，因此重新在自己的床鋪上坐好。

「妳幹嘛這樣問？」

「呃，你想想……」

麻美的目光在桌上游移不定。她很罕見地露出了慎選詞彙的模樣。

「無論是多麼善良的人……畢竟有個身材姣好的可愛女孩住在同一個屋簷下唄，稍微湧現一點那方面的邪念也不奇怪呀。」

「是啊……」

「啊，你該不會是陽萎吧？」

「我要生氣了喔。」

我嘆口氣之後，搖搖頭說：

「的確啦……我覺得沙優長得很可愛，但我並不會起心動念。畢竟那丫頭還只是個小鬼啊。」

這時，我忽地回憶起沙優直至方才為止所露出的柔和笑容。

「……真要講的話，我希望她自然地笑著……這份念頭比較強烈。」

聽我說完，麻美一瞬間呆若木雞，隨後噗哧一笑。

「喂，妳笑什麼笑啊？」

「沒啦，抱歉。」

麻美笑得雙肩發顫，接著嘴角得意地揚起，說道：

「你這個人真的溫柔到像個蠢蛋耶。」

「才沒那回事咧。」

「就說有啦。」

麻美開朗地說到這兒，表情忽然變得正經起來。這傢伙一換上正經八百的模樣，看起來就很成熟。這份落差，令我心跳稍微加速了一下。

「我很清楚吉田仔是個溫柔的人了，因此可以拜託你一件事嗎？」

「……什麼事？」

妳的個性不是那種會一臉正色開口請求的人吧——儘管內心這麼想，可是我卻講不出口。我沒有那麼不上道，會調侃認真講話的對象。

「我的打工地點呀……有個不太妙……應該說……嗯……該怎麼講好？」

「嗯？」

麻美皺著眉頭「嗯嗯嗯」沉吟著。

「有個前輩散發出很討厭的氛圍。」

「討厭的氛圍？」

「對對，要怎麼形容……該說是有點偏差嗎？」

「一旦放下戒心，就會被抓去吃掉的感覺？」

麻美似乎無法順利將內心思緒化為言語，頭反覆歪了好幾次。

「這是怎樣？」

「嗯……講白了就是種馬那樣。」

「種……妳應該再挑選一下說法啦。」

「可是，他和尋常的那類人不一樣，感覺莫名地沉穩。」

「……我聽不太懂，總之就是妳們打工的地方有這種人是吧。」

聽我說完，麻美老實地點頭肯定。

「然後呀，之前沙優妹仔和那小子沒上過同一個時段的班所以還好，但下星期起他的班表會有變動，可能會和沙優妹仔在同樣的時間工作呢。」

「這樣啊……」

我對那個人物一無所知，不太能理解麻美這番話的重要性，不過她看來相當重視那個男人和沙優的班排在一塊兒這件事。

「所以，吉田仔呀。」

麻美定睛凝視著我說：

「我希望你看好沙優妹仔。」

說出這句話的麻美，視線毫無半分偏移。

「如果發生什麼狀況就聽她傾訴，倘若她遇到危險的話……應該說，在事情變成那樣前保護她……啊，當然我也會在打工的超商那邊保護沙優妹仔的！」

「噗！」

「啊？」

見到我不禁笑了出來，麻美毫不掩飾地皺著臉龐。

「幹嘛呀？」

「不，我只是覺得妳也不差嘛。」

我笑著說道，於是麻美偏過頭盯著我瞧，等我把話說下去。

「妳真的很溫柔耶。」

語畢，麻美紅著臉撇過視線。

「才沒有呢。」

「妳這麼關心打工的後進啊。」

「不，該說是後進嗎……」

麻美的眼神游移了一會兒後，以極低的音量說：

「……我們是死黨嘛。」

我按捺著嘴角自然上揚的衝動，不斷反覆頷首。

「我知道了。既然妳都這麼講了，我會比平時更加留意。」

「……謝了。」

「假如發生什麼狀況，拜託妳也要立刻告訴我。」

「好。」

我們望向彼此的雙眼，向對方點點頭做了個約定後，玄關大門打了開來。

「抱歉抱歉，店長講個沒完……呃，你們怎麼了？」

進到玄關來的沙優，交互看向我和麻美，然後歪過了頭。

我與麻美同時失笑出聲，搖頭回應。

「沒什麼。」

「沒什麼啦。」

我們在同樣的時間點說出了相同的話語，因此更是引人發笑，我倆不禁放聲笑了出來。

「咦──這是怎樣呀？」

唯有沙優一個人跟不上我們的笑點，露出有點氣鼓鼓的模樣走進起居室。

真是和平。

我覺得不論是沙優或麻美，果然都是個溫柔善良又認真的小鬼。

若是我能盡可能守護她們倆的笑容就好了──我思索著這種略嫌自大的事。

第12話 潰堤

「早安……奇怪？」

我由後門進入辦公室後，發現裡頭的電燈沒開。

店長和麻美都是即使到外頭去也會開著燈的人，因此這種情形很罕見。

我從肩背包拿出帶來的超商制服，迅速換上。

看向貼在牆上的班表，店長晚上才進來，而麻美似乎已經在上班了。

在人來人往的站前超商之類的地方八成不能這樣，不過這間店的班基本上能夠靠三個人運作。反倒是同一時段排四個以上的人力，就幾乎沒有盈餘可言了——店長曾經這麼說過。

換言之，今天我將要和一個初次見面的人一塊兒工作。有點緊張。

辦公室的燈之所以沒有點亮，恐怕是麻美之外的另一名打工人員關掉的吧。

我用手指抵著班表，尋找記載在相同時段的名字。接著，那個名字映入了眼簾。

「矢口恭彌」。

咦？

我感到突兀，或許應該說有既視感。這個名字好像在哪裡聽過或看過。

是跟名人同名同姓嗎？

我試著思考，卻未聯想到什麼名人。可是，這名字似曾相識的感覺，卻卡在我心中不肯散去。

我帶著此種疙瘩凝視著班表，於是通往店內的門扉冷不防地開啟，一名男子露出了臉來。

「唔哇，嚇我一跳。怎麼，妳已經來啦？」

「啊，是的。初次見面，我是新來的工讀生……」

我反覆低頭致意後，和站在眼前那位身穿超商制服的男子對上了眼。就在我打算自我介紹的時候——

隨即講不出話來了。

對了，我想起來了。難怪會覺得曾經看過。

我面前的男子連連眨了好幾次眼睛之後，同樣也「咦！」一聲張大了嘴巴。

「美雪？妳是美雪對吧！」

「不，那個……」

「妳怎麼會在這兒！哎呀，真是好久不見了。我正好想起妳來了呢。」

「那個……你認錯人了。」

明知並非如此，我依然以略微震顫的嗓音說。

「這哪有可能！我不會忘記曾睡過的女孩子啦。」

「……！」

我起了雞皮疙瘩。

沒錯，矢口恭彌是我待在茨城那陣子，收留我在家住了幾天的人。他的五官端正，偏亮的茶髮顯得很耀眼。再加上柔和的表情，他的容貌會給人好像很溫柔的印象。

只是，我清楚這個人的底細。

這個怪人很巧妙地和多名女性交往，而且絲毫不覺得有任何不對。猶記得看他同時和七個女人交往的模樣，我只有滿腹驚訝。

「奇怪，今天班表沒有妳的名字對吧？」

「不，所以說，我……」

美雪只不過是我隨口報上的假名罷了。我反倒要說，他還記得真清楚。

然而，既然一度用了這個名字，我怎麼也無法在此說出自己的真名。當我困窘地目光在地板和矢口身上來來去去時，麻美由他身後出現了。

「矢口，你要在裡面躲到什麼時候呀？沙優妹仔，妳也差不多該打卡了，不然會算遲到喔……………呃，怎麼，這哪門子狀況？」

矢口帶著熠熠生輝的雙眼，對著到辦公室露臉的麻美說：

「麻美！這女孩是我朋友！」

「啥？為何？」

「她叫美雪，以前有在我家住過……」

「我說！」

我發出近乎尖叫的聲音，打斷了矢口講話。麻美及矢口兩人皆瞪圓了眼睛。

我的身子在發抖，心跳也很快。感覺到自己的呼吸變得略微急促。

「你……你認錯人了……我叫荻原沙優。」

我以震顫不已的嗓音如是說，接著矢口一臉詫異地歪頭不解。

「不，可是之前見面時，妳的確說自己叫美雪……好痛！」

沒聽矢口把話講完，站在一旁的麻美便毫不留情地踹了他的小腿。

「我反對暴力！妳突然在幹嘛啊！」

「人家都說自己叫沙優了，你白痴是不是？」

麻美以冰冷的口吻放話道，而後揪住了矢口的肩膀。

「是說，你也進來太久了啦。你再不出去，我就要跟店長告密說你在摸魚喔。」

「喂喂喂……我和新人小聊一下又不會怎樣。反正店裡很閒嘛。」

「少囉嗦！趕快出去！」

麻美硬是抓著矢口的肩膀，將他從辦公室推到店裡去，接著重重地「磅」一聲把門關了起來。

嘆了口氣之後，麻美側眼望著我。感覺那道目光蘊含著「這究竟是怎麼回事」這樣的意義，使我的身子嚇得僵住了。

「那……那個……麻美……這個……我……」

就連我也搞不清楚，自己是打算辯解或據實以告。然而，我卻只有嘴巴動了起來，為了想辦法抹去這段沉默而開口。

我的心臟猛烈地跳動著，呼吸也愈來愈短促。

「那個……」

「沒關係啦。」

「……咦？」

我將徹底落在地面的視線對上麻美，於是她先凝望我的眼睛，之後搖了搖頭。

「妳用不著硬逼自己說。」

「……」

麻美和失去說話能力的我四目相對，並掛著未曾流露的正經表情繼續說道：

「如果妳現在無論如何都想告訴我，那我會聽妳講。可是狀況看起來不像。妳的臉色整個都發白了呢。」

麻美緩緩走了過來，輕拍著我的肩膀後，指著擱在附近的鐵管椅。是要我坐下的意思吧。我照著她的指示，坐在那張椅子上。

麻美彎下身子到我面前，握住了我的手。

「妳根本沒有必要把目前不想提的事，講給妳不想說的人聽嘛。所以，假如妳想對我說，到時再告訴我就行了……好嗎？」

「……呃！……嗯。」

感覺到眼睛深處逐漸發燙，淚水堆積在眼角。自從來到東京，我變得挺愛哭的。見到我的模樣，麻美錯愕地笑了。而後，她再度拍了拍我的肩頭。

「那等妳平靜一點就出來吧。出勤卡我會幫妳打。先聲明，只有今天喔。」

「嗯……謝謝妳。」

「我會去痛扁矢口一頓，妳就放心地到外頭來吧。」

麻美露齒一笑後，走出了辦公室。

她一離開，我勉強忍住的淚水便從眼角潰堤而出。緊張的情緒完全緩和下來了。

為什麼矢口會在這種地方？就算是恰巧搬到我所來到的地區附近，在同一個職場碰個正著的機率也實在太低了。這場命中注定且糟糕透頂的重逢，甚至讓我以為是否有人在惡搞我。

而幾分鐘前的對話，被麻美給聽見了。她是個既溫柔又敏銳的女孩，因此儘管極為顧慮我，但從那段話當中，她恐怕已經察覺到超乎我想像的許多事情了。即使如此她仍然很體貼我。這份溫柔既是救贖的同時，也令我非常難受。

我才想說離家後第一次交到了立場對等，講話可以不用顧慮太多的朋友，可是今後麻美鐵定會對我有所顧忌。這樣子對她實在太過意不去了。

一回過神來，發現眼淚止住了。然而，胃部下方一帶冰冷又刺痛的討厭感覺，卻一直殘留著。

我忽地望向牆上所掛的時鐘，距離我預計上班的時間都過了十分鐘。麻美已經幫我打好卡了。明明沒在工作卻領薪水，怎麼說都不太好。

往後該如何處理矢口的事呢？我和麻美的關係會變得怎麼樣呢？還有……

吉田先生的臉龐在我腦中若隱若現。

我該向他說這件事嗎？

形形色色的思緒在我腦袋裡打轉，不過現在我得先著手處理眼前的工作。

我深深吸了口氣並吐出來，而後用雙手拍打自己的臉頰。

「……好。」

重新打起精神後，我打開門到店裡去。

*

「辛苦了，回家小心呀。」

「嗯，辛苦了。還剩一個小時，麻美妳要加油喔。」

「這個時段很輕鬆，我不要緊的啦。那再見嘍。」

看我下班打卡後，麻美笑著對我揮了揮手。見到我也揮手回應後，麻美點了個頭，又回到超商店內的貨架整理工作上去。

我進入辦公室，吁了口氣。

到店裡開始做事後，不曉得麻美是怎麼叮囑矢口的，他完全沒有跟我提到往事。不僅如此，當我在工作上遇到難題時，他還會若無其事地過來說「這個要這樣做」並教導我。

麻美的工作和閒聊狀況也是一如往常。簡直像是把我上班前的模樣給忘得一乾二淨似的，對此隻字未提。而且對我的說話方式和眼神，徹頭徹尾是平時的她。

見到我內心動搖得那麼厲害，還對我投以款語溫言，再怎麼說也不可能全然不在意才對。她的態度大可稍稍變得尷尬一點呀。

麻美的態度實在自然過頭，反倒令人覺得不自然。

總之，雖然上工前起了一場糾紛，不過我幾乎是在毫無壓力之下順利下班了。

照那狀況來看，或許矢口今後也不會再提起過去的事。在工作上出手協助的他，相當善良。我只看過矢口在家度日的模樣，因此見到他以緩慢的動作俐落地處理工作的樣子，心裡頭覺得有點奇妙。

也許我並沒有必要太過於絕望。稍稍想像一下狀況日益好轉的景象也無妨吧。

我在思索這些事的時候換好衣服，走出超商的後門。

一出門之後，靠在附近電線桿上的人隨即映入我的眼簾。

「啊，辛苦了。」

「……你辛苦了。」

在那兒玩手機的人是矢口。

「我等妳好久啦。」

「……你有什麼事嗎？」

一直到數秒前我都還很正面的思緒，徹底翻轉過來了。

矢口下班離開可是三小時前的事情。他是在這兒等了我三個鐘頭嗎？還是估算我下班的時間才回來呢？

無論答案為何，這個情形都讓我沒什麼太好的預感。

見到我露出警戒的模樣，矢口傻笑道：

「討厭啦，妳用不著做出那麼可怕的表情嘛。我們可是有曾經睡過的交情吧？」

「請你別這樣講。」

「……美雪，妳好奇怪喔。記得妳應該是對那方面的事毫無抗拒的女孩才對啊。」

「……」

他這番話令我胸口一陣刺痛。

沒錯。當我跑到他家的時候，已經完全習慣「那檔事」了。那個時期，我在辦事途中有了點從容，甚至曾經尋思並實踐過「來演演看好像很舒爽的樣子」這般行為。

矢口的外貌不差，我反倒覺得他的長相及體型十分端正。因此，我還記得當時的自己認為「幸好不是個生理上無法接受的人」。

「居然在這種地方遇見妳，真是嚇了我一大跳耶。」

矢口笑咪咪地說。

「妳現在也……借住在別人家裡嗎？」

「…………」

看我一句話也不開口回答，矢口露出苦笑後點了點頭。

「原來如此，妳還在蹺家啊。真有毅力耶。」

「那個……我可以回去了嗎？」

「妳好過分喔，我們不是有很多話要聊嗎？」

「我並沒有特別想談的事情。」

言簡意賅地講完，我邁步試圖穿過矢口身旁。我想盡快從這裡……不，從矢口身邊逃離。

「等等、等等。」

然而，他卻一把抓住了我的手臂。他一副身材細瘦弱不禁風的模樣，臂力卻很強。

「做……做什麼……？」

「我很在意妳目前的住所耶。」

「呃……？」

聽我反問，矢口掛著輕柔的笑容，再次開口說道：

「就是說，我想到妳住的家裡去看看啦。反正是男人的家，現在應該沒人在吧？」

「……你來做什麼？」

「我只是去去而已！讓我們好好聊聊吧，難得久別重逢嘛。」

語畢，矢口笑咪咪地像個孩子一般。這在我眼中看來很毛骨悚然。無論怎麼想，帶他去都不是個好主意。

「不要，我不能未經屋主同意，私自找人過去。」

「那妳就去徵求同意啊，我們又沒有要做什麼虧心事。妳最起碼也知道對方的聯絡方式吧？」

矢口的回應令我感到困惑。

他想到家裡來這番話，當真沒有任何見不得人的念頭嗎？若是如此，我更不明白他的意圖了。我認為我倆之間並沒有如此強烈的羈絆，會讓他這麼想跟我話當年。

我搖了搖頭。可不能被他打亂了步調。

「總之我不要。今天我就回去了……告辭。」

我甩開矢口的手並轉過身去，快步遠離他。

於是，矢口偏大的嗓音由背後傳來。

「那不然這樣吧。」

明明直接離去就好了，我卻停下了腳步。我回過頭望向矢口那邊。

他笑吟吟地說：

「假如妳願意帶我到家裡去，我倆之間的往事，我就不對麻美和店長提起。」

我的身子竄起一股寒意。

這很明顯是在出言威脅。我腦中很清楚，這個手法實在過於古典，根本沒必要認真理會。可是，他這番話已經足以令我心煩意亂了。

「要是我不帶你去……你會怎麼做？」

聞言，矢口苦笑著聳了聳肩。

「這點妳不問就不明白是嗎？」

他的回答讓我啞口無言。

他會向麻美及店長說出我們的事。這讓我感覺到，此事意味著我好不容易獲得的寧靜場所將要崩壞。

如果麻美知道我一路走來經常獻身給陌生男子，或許會瞧不起我。

而萬一店長知情，一定會逼我表明自己的身分。最糟糕的狀況下，還可能被交給警

方處置。

一旦警方介入，勢必會給吉田先生添麻煩。唯有這件事我絕對不願意。他所賜予的恩情多到我無法還清，恩將仇報根本天理難容。

我握緊拳頭，大大地吸了一口氣，試圖抑制住胃部一帶的躁動。

「……你真的只是來看看而已，對吧？」

聽我講完，矢口像個孩子般顯而易見地喜形於色，連連頷首不止。

「真的、真的！只要能和妳好好聊聊就行了。」

「我可以聯絡屋主，對吧？」

「當然，可別讓人家擔心了。我會在那個人回來前告退的。」

矢口說著說著低頭望向自己的手機畫面。我想他應該是在確認時間。

「……既然如此，那待一下子無妨。」

「真的嗎！我好開心！」

「可是！……要請你確實遵守約定。」

「當然！那還用說。」

笑容滿面的矢口，看似打從心底感到高興。也許這種天真無邪的笑臉就一般而言看起來很討人喜歡，然而就目前的狀況來看，那在我眼中甚至帶著瘋狂的氣息，使我連個客套的陪笑都露不出來。

我拿出手機，啟動通訊軟體。

開啟和吉田先生的對話畫面，一開始輸入訊息我就立刻為內容感到困窘了。

該如何傳達，最能不令他擔心呢？

率先浮現在腦中的是「我要帶麻美到家裡去」，但這是個明確無比的謊言。倘若要刻意撒謊，那根本用不著聯繫他也行。

寫個「打工的前輩」，是不是比較妥當呢？

我「嗯嗯嗯」地苦思著，同時把句子打上去。

『我現在要找打工的前輩到家裡，他應該會在你到家前回去。我只是姑且跟你說一聲，不用太操心喔。』

最後我所傳送的內容是這樣。

特地捎來聯絡是怎麼回事——吉田先生有可能會像這樣擔憂起來，我自認這則郵件有盡量打得不令他掛念了。

我做了個深呼吸，把手機收進肩背包，轉頭望向矢口那邊。

「……我聯繫完了，走吧。」

「喔，真快耶。我好期待喔。」

矢口「嘿」一聲從靠著的電線桿挺起身子，小跑步接近而來之後和我並肩而立。

「要牽個手嗎？」

「……不要。」

面對心情大好地走在身旁的矢口，我始終懷抱著悶悶不樂的心情，踏上回家的路。

第13話 厭惡

「哇！真乾淨耶。比我家井然有序多了。」

一進門，矢口隨即驚訝地開口說道。

「他還真是挺勤勞的男人呢。」

聽矢口這麼講，我平淡地答道：

「家事是我在做。」

「……家事？妳嗎？」

「對。」

矢口露出一副呆愣的模樣眨了好幾次眼睛，之後才忽然笑出來。

「居然讓女高中生做家事！還真是一個怪胎耶！」

矢口說著說著，感覺很可笑似的放聲大笑。

「……這並不奇怪好嗎？」

「不，很怪吧。家事這種事自己做就好啦。」

語畢，矢口擅自坐在吉田先生的床上。雖然他口口聲聲這麼說，記得他自己的家事應該做得挺隨便的才對。如果你能在一邊上班的同時確實把家務做好，那你就試試看呀——不知何故，我內心湧現了憤怒的情緒。

「妳一手包辦？像是煮飯洗衣打掃等諸如此類。」

「對。」

「啊哈哈，真有意思。」

矢口搖晃著雙肩頻頻笑了一陣子後，拍了拍自己一旁的空位。

「別站在那兒，妳也坐著吧。」

我明白矢口的意思是要我坐在他身邊，於是我頷首應允後便原地抱膝而坐。矢口見狀雖不滿地嘟起了嘴唇，卻也並未糾纏不休地出言要我換地方坐。

「……嗯哼，這兒就是妳目前的棲身之處啊。」

「……」

矢口重新轉動著脖子，環顧室內。

「好窄喔。」

「……因為這不是給兩個人住的房子呀。」

「妳心知肚明卻還是住了下來，真有膽量耶。」

矢口如是說，而後開心地笑了。恐怕他本人並沒有嘲諷的意思。

「妳來這裡多久了？」

「大概兩個月左右。」

「兩個月！」

矢口放聲驚呼。今天我們見面後，我或許是初次見到他露出了笑容以外的表情。

「咦，妳在這兒借住了兩個月啊？」

「對呀……」

「然後，家務由妳負責？」

「對，是我在做。」

「其他呢？」

「什麼也沒有。」

「居然！」

矢口再度大聲喊道。他張大嘴巴靜止了數秒鐘，才「唉……」一聲吐著氣。

他抓了抓頭，像是自言自語般的說：

「那也是某種新穎的變態耶……」

「咦？」

「不，沒事。」

我反問矢口，只見他先是堆滿笑容，而後歪過了頭。

「我就直截了當地問了，妳沒有和他做愛嗎？」

「……咳咳！」

話題來得過於突然，讓我吸氣的時候混到了口水。唾沫跑進我的氣管，使我嗆了好一會兒。

「妳……妳沒事吧？有需要嚇成這樣嗎？」

「這……」

咳嗽平息後我抬起頭來，於是和一臉詫異的矢口對上了眼。

「因為，他可是撿了個女高中生，收留人家兩個月對吧？」

「……嗯。」

「就一個男人而言，做到這種地步卻不上床很奇怪吧？假如妳是個無可救藥的醜女倒也不是無法理解，但用不著特意比較也是個美少女，不是嗎？」

面對口若懸河地語出驚人的矢口，我啞然無言。

只是，我懂他的話中之意。一開始我也是那麼認為的。

「……這樣啊。」

矢口再次搔抓著頭，然後從鼻子哼了口氣。

接著他望向我的雙眼，一副若無其事地說：

「那表示我們倆都很久沒做了呢。」

「呃？」

「妳都沒有性生活對吧？」

「咦，那個……」

「我也一樣啊。因為我是和所有女朋友分手後才來到這兒的。」

矢口說著說著從床上站起身，一副理所當然似的重新坐在我身邊。雖然我一瞬間想拉開距離，肩膀卻立刻被他抓住了。

「那……那個……你說只是要聊聊……」

「哎呀，我原本是這樣打算沒錯，不過和可愛的女生待在同一個屋簷下，會各種按捺不住嘛。」

「你這樣……」

即使我在手臂上使勁試圖抵抗，他抓住我肩膀的力量遠遠大了許多，使得我無法動彈。我以責備的目光狠瞪矢口，可是他的臉卻比想像中要近，反倒令我畏縮了。

矢口依然掛著柔和的笑容。

「討厭啦，妳別露出那麼恐怖的表情嘛。妳待在我家的時候，我們不是每天做嗎？妳並不討厭性交吧？」

「這不是那種問題……」

沒聽我說完話，矢口的臉龐便靠了過來。直覺明白到要被強吻的當下，我感覺全身上下起了雞皮疙瘩。

「……唔！」

就在他嘴唇要碰到我的前一刻，我卯足全力甩著頭。

一陣低沉的聲響傳來，我們兩人的額頭猛力碰撞在一起。

「好痛！」

矢口右手的力量減弱，我便逃離他的束縛，退到牆邊去。

他撫著頭，一臉吃驚地看著我。

「好過分喔……妳就這麼討厭跟我做嗎？」

「……呼……呼……」

縱使我有意回嘴，卻也僅是喘個不停，半句話都講不出來。不曉得是憤怒抑或恐懼的情感在我心中滾滾沸騰，嘴唇因而震顫。

「如果是生理上無法接受我還能理解啦，但我的外表沒那麼糟糕吧。先前我們不是很平常地順順做了嗎？是什麼讓妳如此排斥呢？」

與此同時，矢口又靠近而來，於是我本能地把背部抵在牆上。明明退無可退了，我的雙腳卻不停踢著地板。

「有什麼關係，我們彼此都不會少塊肉啊。」

「……我不要。」

「我不會弄痛妳的，放心啦。」

「……別過來！」

在動腦思索前，我已經大吼出來了。震顫的喉嚨發出異音，身體跟著發燙。感到肌膚寒毛直豎，全身都在拒絕著他。

照理說我有跟這個人睡過，如今卻極度厭惡這個行為。

唉唉，我幹嘛讓這種人到家裡來呢？

這是為了不搞壞和麻美之間的交情，以及避免讓店長得知真相……

想到這裡，我腦中浮現出吉田先生的身影。

沒錯，是因為吉田先生。

我不想給吉田先生添麻煩，所以才把他帶來，不是嗎？

感覺雞皮疙瘩倏地消散而去。

只要當下我接受他，妥善地解決這個狀況，就不會給吉田先生添麻煩。若是就這麼趕矢口回去，觸怒他之後不曉得會變成怎樣。

一思及此，我驟然全身脫力。

抵在牆上蜷縮著的身體放鬆了下來，看著矢口，口中乾渴不已。

「………喔。」

「咦？」

矢口根本不可能聽見我從喉嚨擠出來的嗓音，於是偏過了頭去。

我大大吸了一口氣，無視於刺痛的胃部，再次開口說：

「就是……我說『可以喔』這——」

玄關的方向響起了一陣吵雜聲，打斷了我說話。

我和矢口都自然而然地把視線轉向聲音的來源。

粗魯地打開門，進到裡頭的人是……

「啊……」

我的喉嚨深處流洩出抽泣般的沙啞氣息。

「……沙優！」

吉田先生氣喘吁吁地站在玄關。

第14話
拯救

「……唉唉，總算告一段落了。」

「哎呀……這次可真是折騰死人了呢。」

當太陽開始西下之際，終於把受託的程式給提交出去，我和隔壁位子的橋本兩人渾身乏力。

「畢竟每次討論，對方就會做出採購單上沒有寫的要求嘛……」

「事後追加了這麼多東西，費用卻相同，實在讓人很心酸呢……我覺得再不漫天喊價一下，就要被人家看扁了呢。」

就連不太會抱怨公事的橋本，這次也受不了地發著牢騷。

「唉，總之好不容易擺平啦。辛苦了。」

「你也是。」

我們兩人稍稍舉起我所買來的罐裝咖啡，之後同時拉開拉環。

由於今天是交貨日的關係，我們的情緒從一大早就很緊繃，這下子終於能夠平靜下來了。

正當我如此心想並放鬆情緒時，口袋裡的手機震動了起來。

「嗯？」

這種時間會是誰呢？我從口袋裡拿出手機後看向畫面，發現是沙優傳訊息來。

『我現在要找打工的前輩到家裡，他應該會在你到家前回去。我只是姑且跟你說一聲，不用太操心喔。』

上頭這麼寫著。

「打工的……前輩……」

這個內容令我感到突兀。

是指麻美嗎？不，若是如此，那麼直接寫說是「麻美」就好，不會特地用這種方式表達。

這麼一來，就是除了麻美之外的前輩嗎？後面那句「不用太操心喔」也讓我莫名地介意。

要找好朋友到家裡來並無妨。實際上麻美就擅自進門來了，而且近來沙優也不再會為此專程聯繫我。

一思及此，我回憶起數天前麻美對我講的話。

『有個前輩散發出很討厭的氛圍。』

『要怎麼形容……講白了就是種馬那樣。』

這一瞬間，我忍不住從座位上站了起來。

一旁的橋本驚訝地看著我這邊，而坐在遠處的後藤小姐也嚇得肩膀一顫，將視線投向我身上。

我連忙重新在椅子上坐好，數秒前的不祥預感在我心中翻騰著。

「吉田，你怎麼啦？」

隔壁的橋本擔心地搭話道。

我的思緒轉個不停。

程式已經交檔了，再來只剩下報告書和事後處理的交接。只有我才曉得內容的事項，也統統處理完畢了。

我的腦袋迅速地運轉，而後我穿上掛在椅子上的外套，同時對橋本說：

「抱歉，我要早退。之後的事情可以交給你嗎？」

「咦，怎麼這麼突然？」

「下次我再跟你解釋。」

「……算啦，我知道了。我會設法處理的。」

橋本面露苦笑，並揮了揮手。

「狀況我不太清楚，不過你最好快一點。」

「不好意思，謝謝你。」

我雜亂無章地把筆電塞進公事包裡，僅確認了是否帶著錢包和手機後，隨即衝出了辦公室。

我聽見背後傳來了後藤小姐的聲音：「吉田，發生什麼事了！」以及橋本的回應：「他說肚子痛到好像快生了！」

＊

無論我再怎麼趕，電車也不會變快。

我帶著心神不寧的情緒隨著電車搖來晃去，半途坐立難安地給沙優傳了一則「妳沒事吧？」的訊息，可是沒有回音。

不安更是與時俱增，我在離家最近的車站下車後便立即全速奔馳。這段距離用跑的並不怎麼遠。

轉眼間便抵達家裡，接著草率地轉動鑰匙打開門。

首先映入眼簾的，是一名掛著呆愣表情望著我的陌生男子。我挪動視線，發現沙優逃到牆邊靠著的身影。

「……沙優！」

我上氣不接下氣地呼喊她的名字，於是沙優便驚訝得張著嘴，像是渾身脫力似的吐著氣。

一看之下，沙優的頭髮相當凌亂。衣服雖並未敞開，卻也皺巴巴的。

而她的面前，有一個我不認識的男子。

我感覺到體溫急速上升。怒火中燒一定就是指這麼回事。

然而，我體內僅存的些微理性，阻止了我當場撲到那男人身上去。

「……沙優。」

我看向沙優，只見她露出一副茫茫然的模樣和我四目相望。

「……這傢伙是妳的男朋友嗎？」

答案我心知肚明，但我還是問了。

這裡是我和沙優的家。我認為，光憑我一己之意就把沙優邀請來的人趕走，這樣有

違道理。

我遠遠也看得出來，沙優明顯濕了雙眼。儘管她並未出聲回應，不過搖了搖頭。

我領首領會，接著再問了沙優一個問題。

「……我可以把他攆出去嗎？」

語畢，沙優的淚水終於撲簌簌地從眼角流下，接著點了點頭。

「很好。」

見狀，我的身體瞬間像是彈簧般動作了起來。

「咦……等……等等、等等、等等。」

「你給我過來，混蛋！」

「請你別動粗，拜託不要！」

「廢話少說，過來！」

我揪住男子的領口，把他帶到外頭去。幸虧他是個細瘦的男性，即使是並未嚴加鍛鍊的我，也能輕鬆地把他拖離家裡。

我關起大門並上了鎖，而後使勁狠狠瞪著對方。

「你是誰啊？」

大概是我鬆開手之後，他稍微找回了點從容。聽我一問，男子嘻皮笑臉地答道：

「矢口——矢口恭彌。」

「你是沙優打工地點的前輩嗎？」

「哈哈，她是對你用這個名字嗎？那女孩告訴我她叫『美雪』呢。」

「美雪……？」

「她在數個月前曾經住在我家，不過只有幾天就是了啦。」

聽見這番話，我才體認到事情的嚴重性。

這表示，沙優前陣子曾借宿過這男子家，恐怕還……獻身給對方，而兩人不知何故在此重逢了。

所以她才會特地寫說「不用太操心」嗎？

「總而言之，我是她的前輩沒錯。我拜託她讓我到家裡去，她同意後我才來的。」

「這我知道，她有傳訊息來。」

「所以你才慌慌張張地飛奔而來嗎？你還真是愛操心耶。」

矢口對我的敵意盡顯無遺。畢竟我對他同樣如此，這可說是必然的。

「你剛剛在做什麼？」

我直截了當地問道，於是矢口吃驚得露出呆若木雞的表情後，失笑出聲。

「你看了不明白嗎？我正打算和她做愛啊。」

我感到體內有某種事物要爆炸了。我按捺著動手的衝動，奮力踩響了走廊地板。

「你別開玩笑了。」

「我沒有開玩笑，這是很認真的。瞧你的模樣，真的沒有對那女孩下手呢。」

「這當然！她可是高中生耶！」

「不不不，哪裡當然了……」

矢口輕浮地嘻笑著，並指著我。

「藏匿一個女高中生長達兩個月卻什麼也沒做才異常啦。那樣只是單純把一個社會上的風險帶到家裡不是嗎？對你有什麼好處啊？」

「這不是什麼好不好處的問題——」

「不不不不。」

矢口打斷了我講話。

「根本沒有人會在毫無好處的狀況下接受壞處！要講冠冕堂皇的話是無妨，但你別藉此責備人啊。」

「你……你少胡扯了！大人……大人像那樣利用孩子，怎麼可能是正確的行為！」

我厲聲喝斥後，矢口連連眨了幾次眼睛，之後裝模作樣地嘆著氣。

「不行，這個人聽不懂人話。」

「你什麼意思？」

「先聲明，你也一樣啊。」

「啊？和誰一樣？」

「和我。」

矢口這番話使我無言以對。我和這小子一樣？我完全無法理解他在講什麼。

「當女高中生嚷著『請你幫幫我——』跑到家裡借住，而你把她藏了起來的當下，我們兩個就沒什麼不同了。無論本人是否同意，擅自將一個未經監護人許可的孩子留在家裡時，你就是個罪犯了。」

「所以呢？你的意思是都已經犯罪了，上了對方也沒什麼差別嗎？」

「性侵是罪加一等，因此並不一樣。我是說，既然當事人都表示要獻出身體作為留宿的代價，那麼好好享受何錯之有？」

「……你的想法太怪異了。」

「奇怪的人是你。」

矢口連珠砲似的說道：

「你讓她做家事還什麼的收留她住下來，是自以為在玩新婚家家酒嗎？我不曉得你有哪門子癖好，可是免費給她長住兩個月還允許她去打工，根本就是瘋了。」

「我總不能硬是把不想回家的人趕回去吧。」

「啊哈哈，跟你真的是有理說不清。」

矢口再次逗趣地笑了一陣，而後倏地以冷峻無比的目光對著我。那張無法捉摸的笑容驟然消失，使我覺得好像臟器被人徒手抓住了一樣。

「那你要照顧她一輩子嗎？」

這個問題令我倒抽了一口氣。

「你打算這輩子都要養她嗎？大學怎麼辦？求職呢？」

矢口滔滔不絕地問道。我很想回嘴，卻一句話也講不出來。

他暫且停頓了下來，而後稍稍吐了口氣。

「看，你這樣很不負責任啊。」

說完，矢口從鼻子哼了口氣。

「我們都一樣，沒有差別啦。無論有沒有和她做愛，到頭來你當前的所作所為，都只是在利用那女孩不是嗎？或許你自以為拯救了她而感覺良好，可是一旦她的存在對你不利時，最後也只會剩下趕走她這個選項啊。這和你目前怎麼想都無關。畢竟……」

矢口速速講完後，目光凌厲地瞪著我，緩緩開口道：

「你又不是那女孩的父親或什麼的。」

矢口的話語，使我陷入彷彿胃袋被他使勁捏爛的感覺。

這種事情我再清楚不過了。

儘管如此……我還是想出手拯救她。這個念頭難道錯了嗎？

「不過……」

我用力握緊拳頭說：

「即使是這樣……」

我狠瞪著眼前的矢口。

「我也絕對不希望變成給那丫頭灌輸詭異價值觀的大人之一。」

矢口這番道理恐怕是正確的，我無以反駁。

就算如此，我也不認為他的行為會變得正當。

儘管這句話是從我混沌不堪的心中所說出來的，不過確切無疑是我的真心話。

帶著像是看到外星人的狐疑目光和我對瞪了幾秒鐘後，矢口倏地別開眼神，而後撓了撓頭。

「……你真可憐耶。感覺我都軟掉了。」

語畢，矢口渾身乏力似的轉過了身子，步履蹣跚地在走廊移動。

「喂！」

我叫住矢口，於是他一副嫌麻煩的模樣回過了頭來。

「幹嘛？」

「往後你不許再調戲沙優。絕對不准。」

聽我說完，矢口更是嫌費事地大大嘆了口氣給我看。

「一想到動不動就會被你這種靠著正義感自慰的傢伙纏上，我的下半身都軟掉啦。我向你保證，不會再對她出手了。」

矢口講完這段話之後再次開始邁步而行，在走廊半路上冷不防地停下腳步，轉頭望著我。

「我先告訴你，你口口聲聲那樣講，但要是馬上就拋下她，那可是超遜的喔。」

矢口以瞧不起人的口吻如是說。

「我才沒有那個意思啦。」

「嗯，我想你八成會這麼說啦……若是美雪辭掉打工，我就會認定是你輸了而笑你一頓，祝你好運。」

矢口不屑地拋下這些話，便從走廊離去了。確認到他的身影消失後，我整個人靠在走廊牆壁上。

矢口的話語在我腦中縈繞不去。

『或許你自以為拯救了她而感覺良好——』

想救她有什麼不對？

不曉得自己是在生氣或悲傷。帶有驚人熱度的情感無法由我的胸口宣洩而出，而是不停打轉著，進一步提高了溫度。

試圖幫助一個受傷的孩子，到底哪裡有錯？

「開什麼玩笑……」

話語從我的喉頭深處流洩而出。我的呼吸好燙。

說什麼好處壞處……

照理說應該要保護孩子的大人……

沒有一個……

「該死……」

沒有一個人對那丫頭出手相助，不是嗎？

並未對她溫柔地伸出援手，不是嗎？

為何我不能這麼做啊？

「還不都是因為你們不做……」

讓一個既已受傷的女孩子，不斷承受更多無可挽回的傷痛。

你們明明就不願負起責任，一個個都拋棄了她。

「既然叫我收手……那你們來做就好啦！」

我埋藏在心中的情感，像是終於成形並爆開來似的，通過喉嚨從嘴巴宣洩而出。

氣喘吁吁的我，視野不知何故搖晃了起來。我花了幾秒鐘才發現自己流淚了。

我沿著走廊牆壁癱坐到地板上，而後調整著呼吸時，一旁住戶的門扉突然打開了。

那名女子住在我隔壁，感覺人很善良。

「那個……外頭有點吵……你……你沒事吧？」

這個鄰居自從我搬來那天打過招呼後，便從未交談。被她以明顯困惑的表情盯著瞧，感覺自己臉都紅了。

「不好意思……吵吵嚷嚷的。我馬上進家裡去。」

「喔……不會……既然解決了那就好。」

「是的……」

進行一場見外的談話後，鄰居啪一聲關上了門。

我嘆了口氣。

心情稍微穩定下來了。

此時，回想起沙優人在家中。沒錯，現在比起我的憤怒還什麼的，重要的是她。

我慌慌張張地拉著門把，卻發現門扉發出一陣低沉的聲音，並未開啟。對了，我自己把門給鎖上了。我插入鑰匙轉動門把，把門給打開來。

「沙優……」

進入室內後，發現沙優蹲坐在和先前分毫不差的位置，肩膀則是以一定的間隔左右搖晃著。

她在哭泣。

「沙優，我讓那小子回去了喔。」

「……吉田先生。」

沙優緩緩抬起頭，露出茫茫然的樣子看著我。她的臉都哭皺了。

「我……是怎麼了呢？」

說著說著，沙優的臉頰又流下兩行清淚。坐立難安的我走到沙優面前坐了下去，接著握起她的手。

於是，沙優先是俯視著我的手，再以雙手回握。

「我呀……之前……和那個人……做過了。」

我的胸口感到一陣刺痛。一瞬間差點想像起那個場景，隨即在腦中抹去了。

「並沒有任何特別異樣的感覺，好像理所當然一般。」

「沙優……」

「我們做了好多……好多次。」

「沙優，別說了。」

「明明如此……」

說到這裡，沙優便語帶震顫。她握住我的手忽然使勁。

「可是如今差點又要被他搞的時候……我卻很害怕……」

沙優吸了吸鼻涕，而後顫抖著身子低下頭去。

「吉田先生……我是不是變得很奇怪？」

這句話令我不禁屏息。

「之前會做的事情，我再也辦不到了……我……已經搞不清楚……自己究竟是……

怎……怎麼了……」

「沙優……」

回過神來，我緊緊抱住了沙優。

「不要緊，這樣才是正常的……！」

「可是……可是我……一路走來都是這麼做的……卻如此突然……」

「沒關係，可怕的事物就是可怕。妳並沒有錯。」

「嗚嗚……」

我卯足全力摟著沙優，於是她在我胸口泣不成聲。

為什麼……

為什麼事情會變成這樣？

抱住沙優的同時，我心中被無力感所填滿。

我還以為，別人在她心底深植的那份自我犧牲過頭的價值觀，這時或許終於要有所改善了。

可是卻完全沒有那回事。

不，最起碼她變了。

她現在能夠拒絕沒有好感的男子前來求歡了。這份感覺鐵定沒錯才是。

然而，她卻無法自個兒肯定這份情感。

沒有比這還令人難過的事了。

我緊咬嘴唇，發現稍稍有股鐵鏽味。

「沒問題，沙優。妳回絕得很好，很了不起喔。」

當我講完後，沙優便把手繞到我背後，顫抖著身子說：

「但是……因為我拒絕了……他搞不好會向很多人提起過去的事情……這麼一來店長就會知情，或許還會報警，給你添麻煩……」

「無所謂，是我收留妳在這裡，這是我的責任。」

「這種事……！」

沙優抬起皺成一團的臉龐看向我。

我不清楚她打算講什麼，只是我無論如何都不想聽到後續。

「算我求求妳！」

我打斷她，放聲大喊道。

「拜託妳再多為自己設想一下啦……！」

沙優反覆吸了好幾次鼻涕，同時一臉茫然地望著我。

「妳為何就這麼總是想傷害自己呢？所有人都不在乎自己傷到了妳。然而，倘若妳不好好珍惜自己……誰也保護不了妳啊……！」

我竭盡全力克制自己不流下眼淚。

我的嗓音好像讓整間房子都在震動。之後的寂靜令人感到莫名漫長，僅傳出沙優吸著鼻涕，以及開著的換氣扇運轉的聲音。

沙優凝視著我的臉龐，淚水沿著雙頰流下，並喃喃說道：

「你為什麼……就這麼想要保護我呢？」

被沙優這麼一問，我恍恍惚惚地看向她。

『你要是好人當過頭，會得不到自己衷心期盼的事物喔。』

三島的話語──

『一旦她的存在對你不利時，最後也只會剩下趕走她這個選項啊。』

以及矢口這番話──

浮現在我腦中後，亂七八糟地交雜在一塊兒。

「不曉得……」

甫一留神，我已經這麼說了。

「我也不明白啊……」

語畢，我垂下了頭。

把沙優留在家裡一事。

我原以為，這是為了填補自己的寂寞和替她打造一條退路，一種利益交換的行為。

但是，看來我確實不喜歡看到沙優受傷。

我不明白理由。

這場同居生活到底是為了自己還是她，我已經搞不清楚了。

含混不清的「現實」一同前來掐我的脖子，使我整個人莫名其妙。

當我低垂著頭的時候，忽然感覺到身子被一股溫暖的事物給包覆住了。

我發現，是沙優抱住了我。

「吉田先生……」

沙優帶著鼻音說：

「……抱歉喔。」

「……妳別道歉啦。」

「……謝謝你。」

「……妳果然變了呢。」

我不願被她瞧見自己強忍淚水的模樣，不禁把頭壓得更低。

於是，沙優更是用力地摟著我。她的胸部整個抵在我臉上。我心想：好軟啊。

「……是你改變了我。」

沙優如是說。

我並未刻意選擇詞彙，而是自然而然地回應道：

「我希望妳成為一個普通的女高中生。」

「……嗯。」

「妳要正常上學、交朋友、學習許多事情，然後長大成人喔。」

「……嗯。」

「雖然是我個人的任性，可是見妳做不到那些事……我實在難過得不得了。」

「…………嗯。」

我使勁推著沙優的肩膀後，她便舒緩力道，放開了我。

「我已經搞不清楚這究竟是為了自己還是妳了。」

我望著沙優的雙眸說：

「不過，希望妳更加珍惜自己這件事……我是認真這麼想的。」

聽聞我的話語，沙優稍稍濡濕了眼瞳後，不斷反覆連連點頭。

「……嗯……嗯，我知道了。」

儘管沙優哭皺了臉龐，卻露出柔和的傻氣笑容，而非刻意為之的表情。

「我會加油的。」

我看似知曉她迄今為止走來的路，不過恐怕一無所知。

即使如此——

我真心認為她毫不矯飾的笑容相當美麗。

沙優用力吸了一次鼻涕，接著以衣袖胡亂抹去眼淚，再奮力「呼——！」一聲吐了口氣。

「我來煮味噌湯喔！」

「咦？」

「掉了好多眼淚，所以我要稍微弄得鹹一點！」

「喔……好……」

語畢，沙優站起身往廚房走去。

可能是還在鼻塞，只見沙優吸著鼻子的同時開始裝水到鍋子裡。對此，我感到稍稍放下心來。

假如我再來遲一些，搞不好如今她便會站在令人更加無能為力的絕望深淵了。

至少我成功把她從那兒救出來了。

光是如此我就能夠認為，我倆的邂逅是有意義的。

只不過——

回想起接二連三地攤在我面前的「現實」。

我無法成為沙優的父親。

總有一天，必須讓那丫頭回去才行。

感覺糢糢糊糊的現實，逐漸發出聲響逼近而來。

到頭來什麼也沒有解決。

我心想：最起碼我不能忘記這件事情。

第15話 星空

「……昨天發生了什麼事？」

麻美突然在打工中向我攀談道。由於這個時間點我正好專心在進行商品上架，因此不禁以愚蠢的聲音回應了。

「咦？」

麻美似乎對我的反應感到有些煩躁，於是加強了語氣再次問道：

「咦什麼咦呀，我是在問妳和矢口是不是發生了什麼狀況。」

「矢口？為什麼？」

聽到矢口的名字被搬出來讓我心慌，不過我掩飾了過去，不讓它寫在臉上。

今天雖然他也和我排在同一班，可是一次也沒有向我搭話。事情才發生不久，我也同樣感到尷尬，因此真要說的話算是幫了我的忙，但麻美見狀一定覺得很突兀。

把昨天的情形告訴麻美，對我和矢口恐怕都沒有好處。矢口八成也不會自己主動提起，所以儘管對麻美不好意思，我還是想三緘其口。

麻美目不轉睛地凝視了我的雙眼數秒鐘之後，咂了個嘴。

「沙優妹仔，我真的很討厭妳這點。」

「咦……」

麻美轉過身，邁步走向通往辦公室的門扉。目前在裡頭休息的人是矢口。

「等……等一下。」

我連忙從後頭追趕上去，可是麻美卻不理會我，逕自粗魯地打開了辦公室的門。

「咦？怎麼了、怎麼了？」

矢口的聲音由辦公室裡傳來。

我也慌慌張張地跑進去，只見麻美氣勢洶洶地站在矢口面前。他正坐在鐵管椅上吃著超商便當。

「你昨天對沙優妹仔做了什麼？」

麻美直言不諱地如此問道。

矢口先是露出呆愣的模樣看著麻美，才把視線轉移到我身上。他的眼神顯然蘊含了「妳對她講了什麼嗎？」這樣的疑問，於是我反射性地搖了搖頭。

見到我的動作，矢口發出一陣苦笑後清楚斷言道：

「我到了她家去，然後告訴她：『我們來做愛吧。』」

「啥？」

「可是被她拒絕了。」

「那是當然的吧，你是白痴不成！」

聽見麻美大聲嚷嚷，矢口皺起臉，搖頭說道：

「什麼當然，不拜託看看哪會知道。」

「在開口要求前你就應該先明白啦！呃，你應該沒有因此硬是侵犯她吧？」

麻美問完話後，矢口以左手搔抓著鼻頭，而後嘻皮笑臉地說：

「可……可能有稍稍變成那種感覺啦。」

「……唔！」

一聽見矢口的回答，麻美當場奮力揮動右手，打了矢口一記耳光。清脆的聲音在辦公室響起，接著矢口手上的免洗筷掉到地上去。

矢口實在太過輕易地向麻美坦承自己的所作所為，以及麻美突如其來的耳刮子讓我嚇了一跳，使得我只能在現場驚慌失措。

「好痛喔……筷子還掉了。」

「有什麼關係，只要痛一次就解決了。」

面對按著臉頰的矢口，麻美以冰冷的語氣放話道。

矢口臉色微變，抬頭仰望麻美不尋常的模樣。從我這兒看不見麻美的表情。

「你呀，做這種事情或許是你畢生志業中的一環啦——」

麻美以略顯顫抖的嗓音說了下去。

「可是已經在某處受過傷的人呀，每當發生事情的時候便會增添新的傷痕，舊傷也會跟著疼痛。」

我看見麻美緊握著拳頭。

「你輕率的舉止，搞不好會讓對方無數個看不見的傷痕隱隱作痛喔……！」

麻美的語調明顯摻雜著怒氣。我從未看過她如此明顯地將憤怒表露在外，矢口鐵定也是如此。我們倆什麼也講不出口，只能默默聽著麻美的話語。

雙肩震顫的麻美，靜謐而清楚地說：

「繼續弄傷一個身上已經帶有傷痛的人，根本爛透了。你是個大爛人！」

麻美的嗓音愈來愈大，最後終於像是情感爆發開來似的怒罵著矢口。嚇傻的矢口，身體一動也不動地望著麻美而僵住了。

「去向沙優道歉。」

「咦……」

「給我道歉！」

「我……我知道了啦，我會道歉啦，我會的。」

矢口折服於麻美的魄力，不斷連連頷首。

當矢口把目光挪到我這邊的同時，店裡頭傳來了「不好意思！」的聲音。對了，店裡還在營業中，我們三個人卻都躲到辦公室裡了。

麻美猛然回神似的張開嘴巴，一瞬間皺起臉龐後，便轉頭看向矢口那裡。

「你一定要跟她道歉喔。」

「好、好。」

一聽完矢口的回覆，麻美隨即穿過我身旁，衝回店裡去了。「讓您久等了，真是非常抱歉！」麻美比平時略高的聲調，從收銀檯傳了過來。

麻美離去後，辦公室就只剩下我們兩人。這時矢口像是緊張悉數褪去般嘆了口氣。

「唉……這一帶的人淨是一些老好人耶……」

「……」

矢口喃喃低語後，望向我這裡。接著，他尷尬地多次咬了咬下唇，而後略微對我低下了頭。

「昨天是我不好。」

「咦……」

「但我不認為開口邀約本身有錯就是了……只是……嗯，我承認有點太強硬了。那個……該說是我太衝動了嗎……」

矢口低頭望著地板，同時含糊不清地小聲說道，之後再次看向我。

「我從來沒有霸王硬上弓過。假如那樣子做下去的話，就要損害到這份成就了。」

「你在講什麼呀……」

我不禁脫口說出真正的感想。我心想：這個人還真是偏差到了極點。

只是，從昨日的言行舉止還有表情來判斷，他恐怕真的沒有惡意。他和我們之間有著無可彌補的某種鴻溝，僅此而已。

「那個……」

「嗯？」

我提出忽然浮上心頭的疑問。

「為什麼你都講了這麼多，卻沒有跟麻美提起和我的往事呢？我認為一併告訴她的話，應該會有些許解釋的餘地吧。」

他昨天頻頻把「先前不是順順地做了嗎」這樣的內容掛在嘴上。雖然我不覺得那樣就能將他的行為正當化，不過說出「過去我們是那種交情，所以才會以為現在開口邀約也不要緊」，我認為聽起來會有幾分道理。

然而，他並未那麼做。

矢口眨了好幾次眼睛後，露出詫異的神情歪過頭去。

「我們不是約好了嗎？一旦妳帶我回家裡去，我就不提起過去的事。」

他的答案讓我不禁愣住了。

明明口口聲聲說什麼「只是想聊聊」，來到家裡卻輕易地向我下手。結果他居然有遵守那份約定的意思嗎？

面對這個實在過於矛盾的行動，我的感受已經超越困惑，而是覺得好笑了。

「噗！」

「咦，妳幹嘛笑啊？」

「呃，你這個人還挺偏差的呢。」

「咦咦……？」

聽聞我毫不保留地說道，矢口有些受傷地皺起眉頭。

「昨天的事……我還沒有原諒你的意思……」

我一開口說，矢口便不發一語地微微偏過頭。我把話繼續講了下去。

「可是我也氣不起來了。不過……雖然昨天我只顧著害怕，但如果你下次又做了一樣的事情，到時……」

我確實在自己的眼睛上頭使勁，望向矢口的雙眼。和我四目相交的矢口，霎時間驚訝得張大了嘴。

「我是會生氣的。」

我如此放話後，矢口張著嘴巴愣了數秒之後，才由口中發出「啊」一聲。

「那還真嚇人。我不會再這麼做了啦……畢竟我知道妳有一隻嚇人的看門狗了。」

矢口戲謔地這麼說，而後撿起掉在腳邊的免洗筷。

「不過，和妳同居的那個大哥，還真是暴殄天物耶。」

「咦？」

矢口把拾起的筷子拋進垃圾桶後，聳聳肩說：

「他明明就讓一個女孩子變成愈來愈動人的女人，卻不和人家上床啊。我覺得啊，人生正經過頭也是會吃虧的呢。」

「動……動人的女人？」

「對啊，妳沒有自覺嗎？」

語畢，矢口和昨天一樣咧嘴一笑。

「我的臉頰痛到想去冰敷一下，我去販賣機買個飲料。」

矢口從鐵管椅站起，走向通往辦公室外頭的門扉。半途他一度轉過了身子，伸出食

指對著我。

「我已經確實向妳道歉了，妳要告訴麻美喔。」

「啊，好的……」

「還有……」

矢口先是搔抓著頭，而後挑起一邊眉毛說：

「如果妳能替我跟她說『生氣時也用辣妹語會比較不可怕，那樣我會很感激』這樣的話——」

「這請你自己告訴她。」

矢口對我的回應放聲大笑了一陣，接著離開了辦公室。

萬籟俱寂的辦公室當中，徹徹底底剩下我一個人了。

昨天明明還那麼嚇人的矢口，如今卻絲毫沒有那種感覺，這令我感到吃驚。

然而，理由很簡單明瞭。

昨日有吉田先生保護了我。

今日則有麻美挺身相助。

我先前都不曉得，光是有人願意守護這樣的自己——

會讓人心底感到如此踏實。

＊

「咦，吉田仔今天不回家？」

「……好像是這樣。」

我讓下班後一副天經地義般造訪家裡的麻美進入起居室，而自己在廚房煮晚餐時，收到了來自吉田先生的訊息。

『抱歉，我工作出了點問題，無論如何都得在今天善後才行，所以很可能會住在公司。昨天才發生了那種事，結果隔天卻無法待在家裡，我真的很過意不去，可是這件事我也無可奈何……真的很抱歉。晚飯妳只要準備自己的份就好了。也要盡量避免無謂的外出啊。萬一有什麼狀況的話，再立刻傳訊息給我。』

總是言簡意賅地傳要事給我的吉田先生，這次卻傳送了就他而言相當冗長的文章，使我嚇了一跳。

我看到一半，麻美也探頭過來窺視畫面，跟我一起讀著內容。

「唉唷，他也太操心啦，好好笑。難道他是爸爸不成……」

「嗯……畢竟我做了會讓他擔心的事嘛。」

說完，麻美側眼瞄了我一下，而後以手肘戳了戳我的側腹。

「這又不是妳的錯。」

「……」

當我猶豫著該如何回答是好時，麻美搶過了我的手機，擅自打起訊息來。

「咦，等等……」

「沒～關係～啦。」

麻美語帶輕佻地說著，以極其飛快的速度輸入文字。

『吉田仔，呀喝☆我是麻美，現在和沙優妹仔一起待在你家。既然你無法回家，基於監護人的那個，我就來照顧沙優一個晚上好了～我認為這真是個不錯的點子耶！拜託以最快的速度回訊息嚕。』

麻美所打的內容讓我吃了一驚。

「咦，妳住在這兒沒關係嗎？」

「不要緊、不要緊。」

「妳爸媽不會擔心嗎？」

聽我提問，麻美的目光瞬間游移起來。當我心想「奇怪？」的時候，麻美露出了笑容，頷首回答。

「沒問題、沒問題，反正他們今天也不在家！」

「啊，是這樣呀……」

我是不是問了什麼神經大條的事情——我在內心稍稍反省。

接著手機隨即震動起來，收到了吉田先生的回應。

『不好意思，可以的話我想麻煩妳。謝謝。』

讀完訊息，麻美一臉得意地笑道：

「他這麼說耶，沙優妹仔。今天我們要共度一整晚耶，真不妙。」

「真不妙呢。」

受到她的影響，我也笑了。麻美所展露的笑容總是十分柔和，讓我不禁被牽著走。

「那麼，總之要先來吃晚飯嗎？妳肚子也餓了對吧？」

聽見我提問，麻美隔了一拍後才搖了搖頭。

「不，晚餐先不用管。」

「嗯？」

「我有個地方想去一下，妳願意陪我嗎？」

說完，麻美指著窗外。

時間已經過了晚上八點，外頭一片漆黑了。

「這麼晚出去？」

「對對，或許該說，正是因為這麼晚才要去。」

「嗯，兩個人應該不要緊吧。我跟妳去。」

「真不愧是沙優妹仔，有夠通情達理！」

麻美誇張地敲打著手，而後精神百倍地站了起來。

「既然如此決定了，就立刻動身吧！」

「等等，妳要上哪兒去呀？」

「妳去了就知道。啊，要先繞到我家一趟喔。」

「咦，是這樣嗎？」

麻美滔滔不絕地說道，同時快步走向玄關，於是我也連忙關閉瓦斯爐火以及起居室的電燈。我把手機塞進口袋後，跟麻美一塊兒走出家門。

「這一帶路燈有點少，晚上一個人走感覺很可怕。」

「是嗎？這樣應該算普通吧？」

「我家附近的路燈更驚人喔，刺眼到令人火大。」

「這……這樣呀。」

我們邊走邊聊著無關痛癢的內容，結果卻走到我愈來愈陌生的道路了。明明距離吉田先生家不到十分鐘的距離，可是放眼望去都是我沒看過的建築物。

接著如同麻美所言，路燈漸漸變多，讓我感覺到街上明亮了起來。矗立在這兒的建築物，也淨是外觀宏偉的獨棟房屋。

「妳在這裡等一下。」

麻美忽然停下腳步，嫣然笑道。

「咦，嗯……嗯。」

我首肯回應，於是麻美從錢包裡拿出一張薄薄的卡片，插進裝設在眼前偌大門扉一旁的機械。響起一陣大大的「喀嚓」聲後，大門自動緩緩開啟了。

「……咦……」

我抬起視線，發現龐大的門扉深處，有一棟壯觀的房子。反倒該說，我先前並未認知到這是棟「房子」，而是隱隱約約覺得它是棟「巨大的建築物」。

「這……這是妳家嗎？」

聽我詢問，麻美重新面對我這邊，答了一句：「對。」而後綻放笑容的她，看起來有些落寞。

大門開啟後，麻美小跑步進去裡頭。過了幾秒鐘，我想說怎麼有一道喀嚓喀嚓的聲響，原來是她從裡面牽了一輛腳踏車出來。

「久等啦～」

「腳……腳踏車？」

「對對，我們現在要去的地方，用走的稍嫌有點遠。」

「咦，我也要上車嗎？」

「對呀，妳上後座去吧。」

「雙載……這樣不要緊嗎？」

萬一警察發現，可是會抓我們去輔導的。

面對我的話語，麻美咧嘴笑道：

「那不然妳用跑的？」

「好過分！」

「放心、放心，現在要去的地方就像是都市裡的鄉村一樣，不會有條子的啦。」

「條子呀……」

就在我倆俏皮地打趣的期間，麻美重新關上了門，跨上腳踏車。而後，她拍了拍小小的貨架。

「好啦，別說了，上車吧。」

「嗯……」

我戰戰兢兢地側坐在貨架上。麻美側眼確認我坐定位之後，說了句「那就出發吧」並踩下踏板。

由於稍稍左搖右晃的關係，我失去了平衡。

「唔哇！」

「妳可以抱著我沒關係喔。好好抓緊呀。」

「嗯……嗯……」

我照著麻美所說從後方抱住她的身軀，於是忽然覺得找回平衡了。

腳踏車速度愈來愈快，承受著迎面而來的風。雖然雙腳涼颼颼的，抱著麻美的上半身卻很溫暖。

為什麼才見面沒多久，她的存在會如此可靠呢？

我內心如是想。

「噯，麻美。」

「嗯？」

「我呀……」

回過神來，我已經說出口了。

「嗯。」

「是從北海道來的。」

「喔～那亂遠一把的耶。怎麼了嗎？」

「現在就告訴她吧」或「這時我說得出口」之類的——

我完全沒有考慮到這些。

恍然回神，我已經順順地告訴麻美，自己是從何而來的誰了。

麻美一面踩著腳踏車，同時緩緩地以令人心曠神怡的節奏附和著。

那是一段相當悠閒的時光，感覺卡在我心裡那個既沉重又巨大的黑色物體，一點一滴地融化於黑夜之中，令人解放感十足。

來到這兒之前的狀況，與吉田先生、柚葉小姐、麻美，還有後藤小姐相遇的事——

談完這些事情的時候，麻美不再踩下踏板。

「到了。」

麻美說著並停下腳踏車時，我終於注意到四周景色截然不同。

「哇……」

讚嘆不禁從我的口中流洩而出。

我們身處一座略高的山丘之上。附近長了許多草木，讓人不敢置信都市中有這樣的大自然存在。而我的眼前，有一張小小的長椅和只長了草皮的公園。

以及天上耀眼的繁星。

「很漂亮吧。」

「嗯……」

「這裡是我很中意的地方。」

麻美邊說著邊把腳踏車擱在公園一角，緩緩走向草皮的中心。

接著麻美便當場躺了下去，我也躺在她的身邊。滿天星斗填滿了我的視野。

「真的好美……原來都市裡也看得到這麼多星星呀。」

「很嚇人對吧。我第一次見到的時候也嚇破了膽。」

麻美咯咯笑了一陣後，輕輕吐了口氣。而後，她輕聲喃喃道：

「我爸爸是政治家。」

「咦？」

「媽媽則是律師。很好笑對吧？」

「是在說妳的事情？」

「對。」

麻美從鼻子哼了口氣，繼續說了下去。

「我爸媽打從以前就很忙碌，一——直丟著我不管。我倒也不是有所不滿，只是還

是會覺得很寂寞，所以愈來愈討厭那間寬闊到沒必要的房子了。」

「……這樣呀。」

「為了吸引爸媽注意，我試著把自己打扮成辣妹，可是只有搞到媽媽昏厥、爸爸發飆，場面雞飛狗跳，完全沒辦法讓他們思考我為何要那麼做。」

「嗯。」

「然後，從小只要我不好好讀書，媽媽就會大發雷霆，所以我有依照她的吩咐努力用功。」

難怪麻美的頭腦這麼好，聽完我就能理解了。同時，我也覺得有點悲傷。

「我媽似乎想讓我當個律師，這我大概在國中時期就知道了。可是我對那沒什麼興趣。」

「嗯，我覺得妳不適合。」

「噗哈，妳這話還挺過分的耶。嗯，所以呢，我呀——」

至此，麻美暫且停下了話語。遲遲等不到麻美開口接著說下去，我感到詫異，看向身邊後發現她不知為何臉頰紅了。

「咦，妳怎麼了？」

「呃……妳不會笑我吧？」

「咦？」

「我在問妳會不會笑呀。」

「我……我不會啦。」

儘管內心不安地想著「不曉得她要講什麼，這樣回答真的好嗎」，但我有打算認真聽她說。

麻美聽聞我的回應，略顯舉止可疑地東張西望後，以細若蚊蚋的嗓音說：

「我想當個小說家。」

「咦！很棒呀！妳一定當得上！」

「可……可以嗎……嗯……嗯，總之那些先暫且不提。」

「鐵定行的！」

我看過好幾次麻美在寫學校所出的作文題目，她下筆簡直行雲流水，文章又寫得縝密且有條有理，記得我看了深感佩服。

「我知道了，別說了。」

麻美臉蛋紅到在黑暗之中依然看得出來，她繼續把話說下去，藉以蒙混帶過。

「因此我想去讀文學院，而非法學院。」

「嗯，我想也是呢。」

「結果我提出來之後，就遭到媽媽強烈反對。」

「……嗯，這也難怪啦。」

麻美嘆了口氣，指著星空。

「我第一次和媽媽大吵了一架，然後爸爸很罕見地帶我出來。地點就是這裡。」

麻美略微瞇細了眺望星空的雙眼。她述說著回憶時的臉龐，看來有些成熟。

「我們就像現在一樣躺在這兒，一起看著星星。當我驚訝於星星的美麗時，爸爸居然說：『妳的煩惱和宇宙的星星比起來，簡直滄海一粟。』」

麻美逗趣地自個兒放聲大笑，隨後又瞇起了眼睛。

「我就心想：突然把話題的格局拉到這麼大，你這禿子是在講什麼呀？」

「妳的想法還真過分呢。」

「因為，忽然被拿來和宇宙相比，我會很傷腦筋呀。畢竟我只是個平凡人嘛。」

說完，麻美笑了笑，之後倏地面露正經神色。

「不過呀……雖然我一丁點也無法贊同爸爸那番話，但看到這片星空我就在想。」

「想什麼？」

聽我提問，麻美隔了一會兒，壓低嗓音卻清楚明白地說道：

「即使是在偌大群星多不勝數的環境之下，我們依然活在這裡，做著某些事呢。」

凝望著星空如是說的麻美，她的側臉極為美麗，而我也受到她的影響，把視線挪回天空中。

「就星斗來看，我們的格局的確渺小得可憐，甚至不會停留在任何人的目光裡。然而，我們也確實擁有各自的歷史及未來，每個人都在能力所及的範圍內盡力求生存。」

「……」

感覺麻美這番話，似乎和映入眼簾的星辰美景一塊兒慢慢地滲透至我的心坎裡了。

「呃，妳可能會覺得我冷不防聊起自己的事，根本很莫名啦。」

說到這裡，麻美輕輕握起了我的手。

「沙優妹仔也有歷史及未來，而不論如何那都是屬於妳的東西。像這樣……一聽，我就可以知道那是一段艱辛的歷史，不過……」

麻美緊握我的手，隨後把脖子往我這裡倒，於是我們四目相對了。

「那絕對有意義存在，別擔心。」

「……唔！」

我的雙眼深處緩緩變熱了起來。

麻美毫不顧忌地繼續盯著我的眼睛說：

「即使遍體鱗傷到這種地步，妳依然走了過來嘛。妳很了不起喔。妳這個人十分努力，我能明白妳會忍不住心想『非走下去不可』啦。可是呀，我覺得偶爾騎個腳踏車也無妨啦。」

「……嗯……嗯……」

「既然妳都走過來了，肯定走得回去的。」

「……嗯！」

我抱住了身旁的麻美。

火熱的雙眼像是熊熊燃燒著一般。自從來到這兒之後，我老是在哭泣。

「好了好了，別哭別哭……別哭喔。」

由於我把臉按在麻美的身子上，看不到她的臉龐，不過聽見她的嗓音已經徹底變成了鼻音。

在這座略高的小山丘之上，以及滿天星斗之下——

我和麻美兩個人嚎啕大哭了數十分鐘。

第16話　未來

「昨天真的很抱歉……！」

做完過夜的工作回到家之後，我立即向沙優低頭致歉，於是她慌張失措地左右揮動著手。

「不不不，你沒有錯呀。」

「就算妳這麼說，我也……」

「好了好了，不說那個，趕快去換衣服吧。已經可以吃飯了。」

沙優推著我的背部，硬是把我帶到起居室去。

我還有許多事情想跟她道歉，不過我認為如今抵抗也無濟於事，因此乖乖就範了。

就在我換下西裝穿上家居服的期間，沙優俐落地進行著晚餐的準備。當我換完衣服之際，菜餚已全都上桌了。

「謝謝妳。」

「不會不會，吃吧！」

沙優搶先精神十足地雙手合十說著「我要開動了」，而後抓起筷子。很明顯她是在顧慮我。

我也合掌說出「我要開動了」，之後啜飲了一口味噌湯。感覺到全身上下的力量都放鬆下來了。一旦喝了她所煮的味噌湯，很奇妙地就會有種回到家的心情。

「沙優。」

待在公司的期間，我也一直不斷在思考。

「嗯？」

不等沙優偏過頭去，我便深深低下了頭。

「抱歉，讓妳擔驚受怕了。」

「咦，不，沒這回事──」

「沒能保護妳，是我的錯。」

「你有保護我呀！」

沙優大喊出聲，接著身子便像是被自己的嗓音嚇到似的抖了一下。而後她隨即搖了搖頭。

「你明明就有保護我呀……」

「可是，妳鐵定受傷了。」

「那是我自作自受。我只是回憶起自己所走過的路罷了。」

「……但是……」

「吉田先生。」

沙優打斷了我的話語。

她把筷子擱在桌上，目不轉睛地凝望我的雙眼。

「我在來到這裡之前呀——」

沙優掛著正經的眼神繼續說了下去。

「以為根本不會有人願意出手相助。覺得若是遭到利用，便能反過來利用對方。心態就是如此地扭曲。」

遭到利用——這是指准許對方的要求；而反過來利用，就她的情況來說，是表示獲得安全的棲身之所吧。如果是這樣的意思，她一路走來的行動確實只能如此形容。

「不過呀……」

沙優此時暫且停頓，並閉上眼睛。她緩緩吸了口氣再吐出。接著張開雙眼的她，臉上掛著極其柔和且自然的笑容。

「遇見吉田先生之後，你第一次保護了我。而碰上麻美後，她也接受了我。」

說到這裡，沙優略濕了眼眸。

我無法從她臉上浮現的笑容別開目光。我還是初次見到她露出這樣的笑容。

「身邊淨是些難受的事，使得我好想逃離。可是，無論上哪兒去都一樣難過。我內心覺得到哪裡都沒救了，但依然無法讓自己不再逃避，因此一直都很痛苦。」

語畢，沙優驟然站起身子來到我身邊。在我身旁跪坐下來的她，輕輕揪住了我家居服的袖子。

「可是，和你一同生活後，我終於……終於……」

沙優望著我的眼瞳，而後使勁拉扯我的衣袖。

「有……有辦法……思考未來的事情了。」

聽見這番話，我感覺自己全身起了雞皮疙瘩。

「未來……」

甫一回神，我才發現自己也跟著說出這個詞了。

「嗯，未來。」

沙優點點頭，儘管淚眼汪汪卻依然講了下去。

「我會好好思索今後將要到哪裡去，而非逃往何處。」

「……沙優。」

「我會確實思考……自己該做什麼、想做什麼。」

如是說的沙優，這次把原本抓著我袖子的手疊在我手上。

「我會鼓起勇氣……所以……」

講到這兒，沙優的臉龐流下了一道清淚。

「你願意……再稍微陪伴我一下嗎？」

再稍微陪伴一下——

這句話令我身子不禁一顫。

我無法立刻開口回覆。當我嘴巴開開闔闔時，沙優忍著淚水低下頭去。

「不……不行嗎……」

「不，那個……」

沙優說了「再稍微陪伴一下」。

她主動提起了迄今我倆都未曾清楚提及之事。

「妳真的……」

她總算在自己心中設下了「期限」，並說了出來。我心想，這在我們的關係之中是件非常要緊且重大的事。

「真的……很了不起喔。」

我感嘆地說道。

「咦？」

沙優偏過頭去感到不解，而我把手放在她頭上，粗魯地撫摸著。動著手的我，絲毫不管她的頭髮變得亂糟糟。

「等……等一下，吉田先生。」

沙優都下定決心了，我可不能遲疑不前。

我內心深處肯定不覺得，沙優無止盡地拖延期限，永遠待在這個家裡度過一段溫吞的同居生活是件壞事。

如同矢口所言，我是當真享受著有這丫頭在的生活。我自以為拯救了她，同時也確切無疑地受到救贖。

雖然內心某處明白，卻在未能清楚化為言語的狀況下走到這個地步，而被這份矛盾所折磨著。

身為監護人的我，不能一輩子磨磨蹭蹭的。

「我啊——」

當我開口後，沙優維持著一頭亂糟糟的髮絲看向我的眼睛。

「會認真協助妳正視前方，以期回到原本的生活。」

我這段話令沙優瞪圓了雙眼。

「所以——」

我決定向她訴說至今一次也未曾掛在嘴邊的話語。

「加油吧。」

沙優剎那間濕了眼眶，接著以日常休閒服粗魯地擦拭。她吸了吸都快塞住的鼻子，而後強而有力地頷首回應。

「嗯！」

接著，沙優露齒一笑。

她這張孩子氣的笑容，也是我從未見過的。一瞬間，我不由得看到出神。

「啊，糟糕。」

「嗯？」

我指著味噌湯，藉以掩飾羞怯。

「湯要涼掉了。」

「啊，說得也是。我們馬上來喝吧。」

沙優再次用休閒服擦了擦自己的眼角，之後匆匆回到桌子另一側，放有她晚飯的那

邊。

我們兩人帶著有些暢快的心情，鮮少交談地吃著晚飯。

這樣就好。

沙優今後將會慢慢朝向前方，逐漸回到普通的人生。

儘管內心如是想，我也注意到了。

我喝了一口味噌湯，在舌頭深處細細品嚐著那份鹹味。

我剛剛和沙優所做的，是離別的約定。

沙優鐵定也有發現。

即使如此，我想我們倆都堅信這是正確的。

終章

我很罕見地加班了。

這是一家客人不怎麼多的超商，先前我一次也沒有加班過。但今天就在我即將下班的時候，不曉得哪一所高中的運動社團整批進來光顧，害我和矢口兩個人得黏在收銀機前面，導致上架作業的進度相當緩慢。若是不留下來的話，下一班的同事會很傷腦筋，於是我加了一個小時的班。

「辛苦了！」

我離開辦公室並以手機確認時間，發現已經過晚上七點了。

今天是星期六，吉田先生在家裡。想必他正餓著肚子。

我心想「得趕快回去準備晚餐才行」，於是小跑步踏上歸途。

由於這段距離走路也花不到五分鐘，所以轉眼間就到家了。我從包包裡拿出備用鑰匙，打開了大門。

「抱歉，吉田先生。我回來晚……」

我一開門，便看到吉田先生站在那座和走廊化為一體的廚房前。

「喔，歡迎回來。」

「我回來了……咦，你在做什麼？」

見到吉田先生皺著臉站在鍋子前面，於是我開口問道。結果，他更是露出了一臉難色，語氣粗魯地答道：

「我在煮味噌湯啊。這看就曉得了吧？」

「咦，你在煮？」

我連忙脫下鞋子走到他身邊，只見茶色湯汁在鍋裡頭熬煮著。

「為什麼？」

「什麼為什麼，妳啊……」

吉田先生一副傷腦筋似的說到一半，便搔抓起自己的下頷。他的鬍子稍微長出來了一點，連我都聽得見「唰」的聲音。

「平時總是妳在幫我煮，我想說偶爾也由我來下廚……」

面對吉田先生這番話，感覺到自己的體溫升高了。

為什麼這種事情能讓我高興到此等地步呢？

心裡浮現這種念頭的我，驀然回首便發現自己以近乎衝撞的方式抱住了他。

「唔喔，危險！」

「吉田先生，謝謝你！」

「喔……喔……馬上就煮好了，妳快去換衣服。是說，我只煮了味噌湯，其他配菜要拜託妳了……」

「好的！」

我以接近小跳步的腳步前往起居室，迅速著手將外出服換成家居服。

一鼓作氣地把上衣脫掉露出內衣後，我側眼望向吉田先生，但他一副理所當然似的並未看著我這裡。見到他愣愣地攪拌鍋子的模樣，不知為何我有點不服氣。

「吉田先生——」

「幹嘛……喂，笨蛋，把衣服穿上再叫我啦。」

我藉由呼喊吉田先生，自然而然地將他的視線誘導到這裡來，但他隨即又別開了。

「色狼——」

「還不是因為妳在叫我！蠢耶妳。」

吉田先生稍微紅了臉頰，再次低頭望向鍋子。

我嘻笑了一陣，接著又迅速地從頭上套下家居服。

我認為在我心目中，已經完全接受了待在這個家裡的自己。

如今我再也不會心想「自己真的可以待在這裡嗎」。

我脫掉牛仔褲，下半身也換上家居服。偷看了一下吉田先生，只見他心無雜念地在攪動味噌湯的鍋子。

我不會再去想「自己能否待在這兒」了。

只不過——

「吉田先生！」

「妳衣服穿上了沒？」

「穿了！」

「要幹嘛啦？」

聽聞我的呼喚，吉田先生側眼瞧了過來。

我嫣然一笑，再次說道：

「我回來了！」

吉田先生一臉納悶地像是習慣動作般搔抓著下頷，於是傳來「唰唰唰」的聲音。

「剛才妳講過了吧？」

「你說一下『歡迎回來』。」

「啥？……歡迎回來。」

「呵呵。」

我心滿意足地點了點頭，於是吉田先生稍稍偏過頭，嘆了一口氣。

「我回來了」和「歡迎回來」。

還能夠這樣和他對話幾次呢？

一思及此，便感到胸口略微發疼。

然而，我已經和他約定好了。

我會細細品味著和他生活的幸福，以及終將落幕的預感，今兒個也和他一起度過。

女高中生和大叔的奇妙同居生活，似乎還會稍微持續下去。

後記

初次見面，我是しめさば。

我是個勉勉強強在網路上寫作的人。甫一留神，已經得以有幸出版第二集，因此戰戰兢兢地在寫這東西。

說來唐突，其實我很喜歡電玩遊戲，是個會玩各類型遊戲的阿宅。

過去由於父母的影響，我淨是在玩單人用的ＲＰＧ，不過近年來選擇以網路多人遊玩為前提的遊戲這種情形也變多了。

當中讓我玩得非常開心的，便是由任天堂公司所推出的遊戲機上頭，那款會有烏賊登場，噴灑著墨水玩耍的遊戲。（註：即《Splatoon》。）

這款遊戲當然能夠和別人敲定時間一起玩，不過如果想要玩整天，那麼和網路上的陌生人配對遊玩乃為基本。這就是遊戲的機制。

講好聽一點，這是個就算沒朋友也隨時都能玩的系統；反過來說，也是常常會被迫和不認識的玩家合作的可怕系統。

我算是對這個系統相當樂在其中的那一派，不過連續玩了好幾個月後，漸漸地會像是「啊，之前我也和這個人連線過呢」這樣，開始記住人家的虛擬角色和名字。儘管對方並非好友。

我心想：這真是挺有趣的耶。

和一個長相、姓名、住所皆一無所知的外人，以假名透過網路不斷相遇，而後記在腦海裡。明明即使在網路空間之中，對方都不是自己的朋友。像這樣試著寫成文字，就覺得「這種現象真的很奇妙耶」。

我抱持著「啊，先前也看過這個人」此種想法的對象，八成對我內心所感渾然不覺吧；反之，應該也會有我毫無印象的人，見到我心想「啊，我記得他喔」。

因此基於興趣使然，我想在此寫下玩某烏賊遊戲時所使用的虛擬角色名稱看看。

我是取「瑜珈火球しめさば」在玩那款遊戲（註：瑜珈火球為遊戲《快打旋風》系列中塔爾錫的招式）。用這個名字操作著外觀形似自動鉛筆的槍械，此人就是我。

假如有印象和我交戰過（抑或是共同作戰）的人購買了本書，請找管道與我聯繫。只不過，縱使您聯絡我，我大概也不記得您，因此頂多只能回以「原來是這樣呢ｗ」的答覆。然而，我想您鐵定也會陷入「當時那個名字很胡鬧的烏賊竟然在寫小說啊」這種奇妙的心情之中。

活在世上，往往會不禁以為自己的存在僅會被本人和相識的人所認知到，實際上也許並沒有那回事。搞不好今天在新宿車站和我擦身而過的人，就是您也說不定。

最後要致上我的謝詞。

W編輯，這次也受您諸多照顧了。下次我一定會（前提是還有後續的話）做得盡善盡美。是真的。

不但為角色注入了鮮活的生命，這次還承蒙您大幅調整進度的插畫家ぶーた老師，由衷感謝您。

以及負責本書出版事務的所有製作相關人士，真的很謝謝各位。多虧了大家，第二集才得以問世。

最後便是不僅購買第一集，還取閱了第二集的各位讀者朋友。正是因為有各位願意閱讀，我才能夠持續寫下去。謝謝大家。

但願我所寫的故事能夠再次和各位邂逅，同時容我結束這篇後記。

しめさば

國家圖書館出版品預行編目資料

刮掉鬍子的我與撿到的女高中生 / しめさば作
/ ぶーた插畫 ; uncle wei譯. -- 初版. -- 臺北市 :
臺灣角川, 2019.10-
冊 ; 公分. -- (Kadokawa fantastic novels)
譯自 : ひげを剃る。そして女子高生を拾う。
(2)
ISBN 978-957-743-299-5(第2冊 : 平裝)

861.57 108013999

Kadokawa Fantastic Novels

刮掉鬍子的我與撿到的女高中生 2
（原著名：ひげを剃る。そして女子高生を拾う。2）

2019年10月17日　初版第1刷發行
2021年5月12日　初版第6刷發行

作　　者：しめさば
插　　畫：ぶーた
譯　　者：uncle wei

發 行 人：岩崎剛人
總 編 輯：蔡佩芬
編　　輯：邱璨萱
美術設計：宋芳茹
印　　務：李明修（主任）、張加恩（主任）、張凱棋

發 行 所：台灣角川股份有限公司
地　　址：105台北市光復北路11巷44號5樓
電　　話：（02）2747-2433
傳　　真：（02）2747-2558
網　　址：http://www.kadokawa.com.tw
劃撥帳戶：台灣角川股份有限公司
劃撥帳號：19487412
法律顧問：有澤法律事務所
製　　版：巨茂科技印刷有限公司
ISBN：978-957-743-299-5

※版權所有，未經許可，不許轉載。
※本書如有破損、裝訂錯誤，請持購買憑證回原購買處或連同憑證寄回出版社更換。

HIGE WO SORU. SOSHITE JOSHIKOUSEI WO HIROU. Vol.2
©Shimesaba, booota 2018
First published in Japan in 2018 by KADOKAWA CORPORATION, Tokyo.
Complex Chinese translation rights arranged with KADOKAWA CORPORATION, Tokyo.